元禄一刀流

池波正太郎初文庫化作品集

池波正太郎［著］
細谷正充［編］

双葉文庫

目次

池波正太郎初文庫化作品集

元禄一刀流

上泉伊勢守

箕輪の姫

一

あのときのことが、どのような勢みでそうなったものか……。

後年になっても、上泉伊勢守秀綱は、よくおもいうかべることができなかった。

気づいたときには、於富の鞭のように撓う肢体が自分のたくましい胸の下で恥じらいつつ、かすかにもだえてい、香油をぬりこめてでもいるかとさえおもわれる照りをもった双腕が露出され、しっかりと、こちらのふとい頸すじを巻きしめていたのである。

(わしとしたことが……)

狼狽し、伊勢守が、この十八歳の処女のからだからはなれようとするや、さらに於富の腕へちからがこもり、眼をかたく閉ざしたまま、於富は烈しく頭をふった。

　はなれることをこのまぬらしい。

　於富は、二十歳も年長で武術の師でもある伊勢守の抱擁が次なる段階へすすむことをのぞんでいる、と見てよい。

「於富……い、いかぬ」

「いえ、いいえ……お師匠さま……あ、小父さま……」

　上州・桂萱郷、上泉城・本丸の居館の奥ふかい一室であった。

　この二年の間、於富は年に数度、父・長野業政の居城である箕輪から上泉伊勢守のもとへ武術の修行に来ており、そのたびに約一ヵ月ほどを滞留する。

　於富の姉・正子も伊勢守の愛弟子であったが、彼女は五年前の天文九年に、同じ上州の国峰城主・小幡信貞の妻となっていた。

　正子に手ほどきをしたのはわずかの間であったが、進境いちじるしく、

「次のむすめもたのみ入る」

　長野業政の懇望で、於富をもひきうけることになった。家来たちにまもられ、古風にかずきうちかけをつけた市女笠をかぶって上泉城へあらわれた於富は、まだあぶらくさい少女で、むっくりと肥えていたものだが、剣と薙刀を主としたき

びしい修行にたえぬいた二年がすぎると、

「なんとまあ、お肌のどこもかしこもが、ぬめやかにお美しゅうなられましたことか……」

「あの、ぬれぬれとした双眸(おめ)に見つめられると女のわたくしどもでさえ、胸が高鳴ってまいりますもの」

城内の侍女たちも嘆声をもらすほどになった。

姉の正子は父・業政ゆずりのいかつい容貌(ようぼう)のくせに矮小(わいしょう)なからだつきで、彼女を妻にした小幡信貞は初夜が明けるや、老臣の入江内膳(いりえないぜん)へ、

「あのような醜女(しこめ)を見たこともないわ。その上、どこもかしこも小さく細く、なにやら玩具(てあそび)をあつこうているようで味気もないぞ」

と、もらしたそうな。

その姉とちがい、美しく成長したのは、於富が上州きっての美女とうたわれた亡母に似ていたからであろう。

春から秋にかけて、ほとんど隔月に、於富は箕輪と上泉の両城を往復した。

赤城(あかぎ)山の南麓(なんろく)にある上泉城と、榛名(はるな)山麓の箕輪城とは利根川をはさんで約四里の行程であった。

上泉伊勢守は、上泉城の西方一里余のところにある大胡（おおご）に本城をかまえる武将なのだが、ここへは重臣の五代又左衛門（ごだいまたざえもん）を置き、自分は生れ育った上泉の居館でわずかな侍臣と共に暮すのを好んでいた。

ちなみにのべると……。

伊勢守は又左衛門の女（むすめ）・小松を妻に迎え、長男・常陸介秀胤（ひたちのすけひでたね）をもうけたが、小松は八年前に病歿している。

今年、天文十四年で十六歳になった秀胤は大胡の城に常住し、重臣でもあり祖父でもある五代又左衛門により、次代の城主としての訓育（くんいく）をうけているのだ。

あるとき、於富が、

「伊勢守さまは、なぜに常陸介さまへ剣法をおさずけになりませぬのか？」

問うや、伊勢守は、

「秀胤（あれ）は、五代の祖父になにごとも教えられたがよいのだ。人がものごとをつたえのこし、人がこれをうけつぐということは、両者の呼吸が合一（ごういつ）せねばなにも実りはせぬ。私もまた、わが剣をかれに教えつたえる心はない」

と、こたえた。

それでいて父子の情はこまやかであり、秀胤は夏の雷雨にも玄冬（げんとう）の風雪にもめげず、かならず毎日、上泉の居館へあらわれて伊勢守へのあいさつをおこたらぬのである。

このような息子をもつ三十八歳の上泉伊勢守が、わがむすめのような於富と愛をかわし合ったことについては、妻をうしなったのち側妾もおかずにすごしてきた男の血が、単に燃えあがったのだとのみいいきれぬものがあった。

於富が、箕輪の城の親しい侍女たちに、

「いずこへ嫁ごうとも、それは父上のおこころのままなれど、伊勢守さまのような御方にめぐりあえたらよいのだけれど……」

もらしたことがある。

侍女たちも同感であった。

六尺ゆたかな威風堂々たる体軀は三十年にわたる剣法の修行にきたえぬかれ、その挙措進退の一点の隙もない美しさを、

「まこと、舞の名人を見るおもいがいたしまするな」

と、これは於富の亡母が長野業政に語ったほどであるし、さらに、

「伊勢守さま……わがお師匠さまのお顔を見ていると、まっ白な山雪にきよめられた赤城のお社の杉木立をおもい出します」

と、於富が評したほどの顔貌をそなえている上泉伊勢守であり、一子・秀胤もなかなかの美少年なのである。

このような於富の思慕（しぼ）は、師へ対するそれから一個の男へのそれへ変っていったものと思われる。

あの夏の一日……。

例によって早朝の修練がすむや、共に食事をし、

「では、ゆるりとせよ」

伊勢守は、これも習慣になっている言葉をかける。これを機（しお）に於富は自室へもどり、半刻後に昼のねむりへ入ることになっていた。男の躰（からだ）をきたえるのとちがい、女子の肉体へ武術を植えつけるには、よほどの考慮が要（い）る、というのが伊勢守の持論であった。

「心身は二にして一であるゆえ、女子のこころをもからだをも粗暴にあつこうてはならぬ」

現代より四百二十年もむかしのそのころは、あの応仁の乱以来、八十年もの間つづきにつづく戦乱が日本諸国へひろがり、小勢力同士の戦闘が次第に大勢力にふくみこまれつつあった時代（とき）で、武人の家に生まれた女は、女であるからといっ

て、この戦乱から逃げるわけにはゆかぬ。

女として、妻として、それゆえにこそ武術による肉体の鍛練が必要であったことは、以後の正子・於富の姉妹の一生が、よくこれをものがたるであろう。

その日の午後になり、伊勢守は上泉家の菩提寺である西林寺をたずねようとして居室の外廊下へ出た。

西林寺は、この城の三の丸外の濠をわたって曲輪内に在る。

住職の虎山一峰和尚は九十をこえて尚、矍鑠たるものがあり、少年のころからわが手にかけて文事・古学を教えた伊勢守の来訪をなによりもたのしみにしている。

廊下へ出た伊勢守の眼前を一羽の紋白蝶がはらはらとたゆたいつつ、於富の部屋へ舞いこんでいった。

「於富。白蝶が……」

にこやかによびかけながら、伊勢守がためらうことなく、その部屋へ入ったのは、すでに於富が目ざめていると思っていたからだ。

だが、於富はねむっていた。

侍女もつきそわぬ気やすげな上泉の居館ぐらしが彼女の気に入っている。

夏の、目眩めくような陽光が小窓の向うに光っていた。

庇のふかい小間だけに冷んやりとほの暗く、蝶の白さが於富の肢体へまつわるようにゆれている。

(愛らしい……)

と、於富の寝姿を見て、すぐに伊勢守は身を返そうとした。

於富が眼をひらき、突然に、こちらを見たのはこの瞬間であった。

「目ざめたか……」

「…………」

互いの視線が空間に凝結した。

そして……。

伊勢守は於富の眸子が発するなにものかにひきこまれ……というよりも、それにこたえ、うしろ手に廊下への戸をしめていたのである。

二

その夜から、伊勢守は大胡の本城へおもむき、三日をすごして上泉へもどって来た。

「於富は箕輪へ帰ったか？」

侍臣へ問うと、

「まだお帰りにはなりませぬ」

とのことだ。

伊勢守は於富に顔を合せず「たれも入れるな」と命じ、居室へ引きこもった。

於富が伊勢守の寝所へあらわれたのは、この夜ふけであった。

愕然(がくぜん)としたが、ついに抗しきれぬ。

新鮮な桃の果肉のような於富の肢体は、三日前のあのときのように、まだふるえつづけていたが、ひしとすがりついてくる情熱にはひたむきなものがこもっている。

そして、次の夜も……。

「私が妻になってくれるのか？」

いまや伊勢守も真摯(しんし)な愛撫(あいぶ)をくわえつつ、ささやくと、おもくたれこめている夏の夜の闇の中で於富はゆるやかに頭をふって見せた。

妻になることを拒否しているらしい。

では、十八の処女がたわむれにしたことなのか……。

凝然となった伊勢守へ、

「小父さま……大胡の小父さま……」

と、於富は少女のころから呼びなれた言葉をあえぎもらしつつ、全身を伊勢守の躰の中へもみこむようにすりよせてきた。

翌早朝、於富は迎えに来た箕輪の家来たちにまもられ、上泉を去った。

(このままにしておいてよいのか……)

於富が去ってのち、伊勢守秀綱の胸底(きょうてい)には思いもかけなかった情念が燃えはじめている。

(於富なら自分の妻にしても……)

であった。

年齢の差はともかく、伊勢守が長野業政のむすめを迎えることには、いささかの不自然もない。

長野業政は、関東管領(かんれい)・上杉憲政(のりまさ)の麾下(きか)に入っており、上泉伊勢守も長野家に属している。

「何よりも先ず、われらにとってちからとたのむは、伊勢守殿じゃ」

業政の、これが口癖なのである。

上野国の黄斑（虎）とよばれた長野業政の勢力は上州一帯におよんでおり、武門としての規模も兵力も上泉家としては遠くおよばぬが、当主・伊勢守の武勇と共に、剣士としての名声はようやく天下にひろまりつつあった。

業政が伊勢守をたのむことを知らぬものはない。

だが、於富は伊勢守の求婚に対して、なぜ頭をふったのであろうか。

（わからぬ……）

放心の日々がながれてゆき、夏は去ろうとしていた。

上州は春と秋がない国といわれる。

蒸し暑い夏がすぎると、急に烈風が吹きつのる明け暮れがつづき、一気に冬へ突入するのだ。

箕輪城からの使者が、於富の婚儀がととのったことを知らせに上泉へあらわれたのはこのころである。

於富は、姉正子の夫・小幡信貞の従弟にあたる図書之介景純の妻として、国峰の城へ入るのだという。

伊勢守は、使者にきいた。

「この婚儀については、私も耳にしたことがない。急に、ととのえられたものか？」

「はい。われら家臣一同にとりましても、急のことにて……箕輪では仕度に大童(おおわらわ)にございます」

「さもあろう」

深沈(しんちん)たる伊勢守の表情が、急にゆるみ、柔和(にゅうわ)な微笑が面上にうきあがった。

「於富どのも姉上と共にくらすことになるわけじゃな。これは、さぞ心強いことであろう。めでたいことだ」

「いかさま」

小幡図書之介に会ったこともない伊勢守であったが、その武名のなみなみでないことや、従兄の国峰城主・小幡信貞をたすけてのはたらきぶりから察すると、於富の夫としては先ず申し分はあるまい。

だが伊勢守は、別のことを考えていた。

それは於富を国峰へ嫁がせた長野業政の胸底にひそむものをさぐりとろうとしていたのである。

伊勢守は、ただちに大胡の城から家臣の疋田文五郎(ひきたぶんごろう)をよびよせ、祝賀の使者として箕輪へ送った。

文五郎は加賀の豪族・疋田景範のもとへ嫁いだ伊勢守の姉が生んだ子で、早くから伊勢守に引きとられ、家臣の列に加わると共に剣法をまなび、後年、新陰流の神髄を会得するに至る。

翌日の午後になり、疋田文五郎が箕輪の家来たちと共に於富へしたがい、上泉へもどって来た。

「ながい間、あつき御教えをたまわり、ありがとうございました。於富は、この二年の月日をしかと胸にきざみつけて、国峰へまいりまする」

晴れ晴れとしているというよりも、於富は凜々しげに、くもりなく眉をひらき、

「もはや、こころ残りはございませぬ」

と、伊勢守を見つめて、いいはなった。

この瞬間に、伊勢守はすべてを了解した。

国峰へ嫁ぐことを知ったとき、於富が伊勢守へ向けた慕情は、何らかのかたちをとらなくてはおさまらなくなっていたのであろう。むろん、この婚儀は父・業政の政略から出たことであり、十八歳の於富は男子にも負けぬ意欲をもって父の

ため、長野家のためにはたらこうと決意している。

伊勢守は疋田文五郎を居室によんだ。

とっぷりと水にひたした一枚の檀紙を細長く四つにたたみ、この両端を文五郎に持たせ、

「ひたいにつけよ」

と、いった。

「箕輪の姫よ。ようごらんあれ」

太刀をつかみ、伊勢守は約二間をへだてて文五郎に向き合い、しずかに抜刀した。

於富は活と両眼をみひらき、師を見まもった。

伊勢守は白刃をひっさげたまま、呼吸をととのえる。

たちまちに没入したと見え、するすると文五郎へ近寄った。

於富の眼からは……。

伊勢守が太刀をふりかざし、これを打ちこんだ動作は、むしろ緩慢であり、鈍重にさえ見えた。

室内の空気は、まったくゆれうごかぬ。

伊勢守が刀身を鞘へおさめたとき、文五郎が、おのれのひたいに密着していたぬれ紙を外した。

ぬれ紙は、ななめ二つに断ち切られ、文五郎のひたいには微少の傷さえもなかった。

襲撃

一

居室を出て行く疋田文五郎をよびとめた於富が、両断された檀紙をうけとり、

「伊勢守さま。これをいただきましても、よろしゅうございましょうか？」

「何とするぞ？」

「わたくしのお守りに」

「かまわぬ」

「かたじけのう存じまする」

「於富」

と、上泉伊勢守は戸を開けはなち、澄みわたった秋の空を指しつつ、

「神を忘るな」

いい終えたとき、空を指したゆびは地を指し示していた。これは〔天と地〕すなわち〔自然の摂理(せつり)〕を忘れるな、と、いったのである。

人間という生きものが、世に生まれ出たことへの神秘を忘れるなといったのである。

於富も、おごそかにこれへ答礼をおこない、別れのあいさつをかわして外廊下へ出たが、送って出た伊勢守へふりむくと、

「上泉の小父さま……」

一種異様なほほえみを口辺(こうへん)にうかべ、つと寄りそってきた。

あたりに人影はない。

風が空に鳴っていた。

伊勢守を愕然(がくぜん)とさせた於富の声は、このときに発せられた。

於富は、こうささやいたのである。

「小父さま。わたくしは間もなく国峰へ嫁(とつ)ぎ、来年の夏が来るころ、子(やや)を生みま

する。それが男の子か女の子か知れませぬなれど……なれど、そのお子は、小父さまのお子にございまする」

声もなく立ちつくす伊勢守を見返りもせず、於富は去った。

この年の十月十一日、於富は国峰の小幡図書之介のもとへ嫁入った。

国峰の城は、箕輪の南方約七里。関東山地の北端にある堅城であった。

花嫁の於富をまもって国峰へすすむ行列には、上泉伊勢守の代理として重臣・滝窪瀬兵衛（たきくぼせひょうえ）が騎士十名をしたがえて加わった。

滝窪瀬兵衛は、上泉へ帰るや、ただちに伊勢守の居館（やかた）へあらわれ、

「於富様より、ことづかりました品にござります」

古風な薄手の唐櫃（からびつ）を差し出した。

ひらいて見ると、中には、濃紫の小袖（こそで）、黒の袴（はかま）が白絹につつまれ、おさめられていた。

ひと目で、於富が丹精（たんせい）をこめて縫いあげたものと知れた。

こうして於富の恋は、父の命による政略結婚により断ち切られたわけなのだが……だからといって、戦国の女の宿命の悲しさだけを強調すべきではあるまい。

この時代のはなしに——自分の夫を殺した武士の首をねらって敵討（かたきう）ちの旅に出

た女が、その相手に刃をつけたとき、敵のいさぎよい男らしい態度に魅了(みりょう)され、ついに夫婦となり、その女の変心を怒って押しよせた亡夫の親類たちを迎えて夫婦ともどもに闘い、女は左腕を断(た)ち切られたが、逃げのびて以後は幸福に暮したというのがある。

武門にある男も女も、燃えたぎる心身を戦乱の世にうちつけ、熱火のような一生を送っていたのだ。

「小幡図書之介の妻となれ」

と、父・長野業政からいわれたとき、於富は一も二もなく、承知をした。

男どもに退(ひ)けをとらず、父のため、家と領国のためにはたらこうという決意があったからだ。

上州・平井には、管領・上杉憲政の居城があり、ここが関東一帯の政治を総管する上杉家の本拠(ほんきょ)となっていた。

この役目は、上杉家が足利(あしかが)将軍の命をうけて任じているものだが、肝心(かんじん)の将軍が、うちつづく戦火にもみぬかれてちからおとろえ、現足利十二代将軍・義晴(よしはる)は、細川や三好など大名たちの争乱にまきこまれ、ろくろく京の都に腰を落ちつけてもいられず、諸国を逃げまわっていて名ばかりの将軍にすぎぬ。

だから、関東管領も名のみのことで、名門・上杉家も本派・分派が入りみだれて争いをかさねたあげく、さらに諸方に擡頭する戦国大名の圧迫と闘わねばならない。

関東の政治をおこなうどころのさわぎではないのだ。

甲斐には、強兵無比をほこる武田氏がいる。

越後には、強豪・長尾氏があって、これもいずれは関東進出をめざすにちがいない。

しかし、もっとも恐るべき当面の敵は小田原城の北条氏康であった。

かの北条早雲が関東を席捲して小田原へ城をかまえてから五十年ほどになるが、この戦国大名の関東制圧は一つの悲願であったといえるだけに、その侵略ぶりのすさまじさには、関東管領も、

「どうにか、ならぬものか……」

音をあげざるを得なくなってきている。

上杉憲政が管領職の名をもちこたえてゆけるのも、むかしから臣従してくれている長野業政に負うところが多い。

このごろでは何事も、

「箕輪へはかれ」

というしまつであった。

それだけに長野業政も管領家の重臣として種々政略をめぐらさねばならぬわけで、わがむすめ二人を国峰の小幡家へ嫁がせたのは、

（小幡をしかと、こなたへひきつけておかねばならぬ）

と、考えたからである。

国峰城は、管領本拠の平井城の西方わずか三里のところにあり、戦略上まことに重要なところであるばかりか、当主・小幡信貞ひきいる強兵は、万一、これを敵にまわしたら大変なことになる。

今度の於富の結婚によって、長野業政の心底が、あきらかになった。

伊勢守の妻が病歿（びょうぼつ）したとき、業政は老臣のひとりに、

「於富が成長したあかつきには、上泉へ嫁（や）ろうとおもう」

と、もらしたことがある。

その考えがいつか消え、彼女を国峰へ嫁がせたのは、小幡と上泉を秤（はかり）にかけ、小幡の重みをさとったからにちがいない。

いまのところ、長女の正子を妻にした小幡信貞はすなおに岳父・業政にしたが

い、上杉家へ忠誠をかたむけているのだが、尚もその上に次女を送って婚姻をふかめようというのだ。

（自分が長野業政であったら、やはりおなじことをしたろう）

と、上泉伊勢守はおもった。

同時に、

（業政公は、わが勢力の伸張をはかるべく身をのり出されたようだ）

と、感じた。

四十をこえたばかりの長野業政の、刃金のように硬く鋭い体軀や、魁偉な顔貌をおもいうかべるとき、それらの印象とはうらはらな、ものやさしげな細い声音の底にどのような権謀がひそんでいるものか、伊勢守はいつも興味ぶかくながめているのである。

翌天文十五年の初夏——。

国峰城にある於富は玉のような男子を産んだ。

幼名を千丸とよんだ。

だれの目が見ても、産月が早かったのだが、そもそも夫の小幡図書之介が、

「よい子じゃ。出かしたぞよ於富」

上機嫌なのだし、ふしぎに思った者も、図書之介と於富は婚礼前から通じ合っていたのだと納得(なっとく)をしたらしい。

月足らずで生まれる子もある。

そう信じこんでいた者も多かった。

「それにしては丈夫な子じゃそうな。先ずめでたい」

と、長野業政も大よろこびだったし、業政自身も、この年の春には側妾に男子を生ませている。

亡妻との間にもうけた長男・吉業(よしなり)が病弱なだけに、業政の歓喜(かんき)も烈(はげ)しく、

「これで箕輪の城も安泰(あんたい)じゃ。いや、このせがれどものために、わしは、もっと大きなものを遺(のこ)してやらねばなるまい」

意気さかんに、いいはなったという。

このころ、上州には束(つか)の間(ま)の平穏がもたらされていた。

上泉伊勢守は、この年の初夏から秋にかけて赤城の山へこもり、久しぶりに剣法の研鑽(けんさん)に没頭することを得た。

二

伊勢守の修行場は、大胡の本城から約二里半。赤城山の中腹、三夜沢に近い山林の中にもうけられた。

若いころには、赤城山頂に近い鈴ヶ岳の洞窟にこもって修行をしたこともあるが、近年は三夜沢の山林が心にかない、赤城山へ入るときは、きまってここへこもる。

このあたりは、大胡城のほとりをながれる荒砥川の源流に近く、その渓流を見下す崖上に辛うじて雨露をしのぐ丸太づくりの小屋をたてて、事情がゆるすだけの月日をすごすのである。

事情というのは、上泉伊勢守秀綱が流浪の一剣士ではないということだ。

大胡の城主であり、数百の家来を抱え、自分の領地を治めるという仕事があって、さらに、これら一切のものを護るために戦乱の世を生きねばならぬ〔宿命〕を背負っている。

「ゆえにこそ……」

と、亡き父・上泉憲綱は伊勢守にいった。

「ゆえにこそ、剣をまなび、剣をみがくことによって心をみがかねばならぬ。剣の道は、神の姿を見ることを得る武人にとって唯一の道なのじゃ」

上泉憲綱は兵法にも文筆にもすぐれ、みずから手をとって教えると共に、

「もはや、外へ出てもよかろう」

わが子が十五歳の春を迎えたとき、これを常陸の鹿島へ送った。

かの鹿島七流の一人、松本備前守尚勝（政信）の教導は、少年の伊勢守秀綱にとって、もっとも大きな影響をあたえたといってよい。

松本備前守が、大永四年の秋に、旧主・鹿島義幹の軍を迎え撃ち、五十七歳の生涯を終えたとき、

「大胡の若（伊勢守）をたのむぞよ」

と、共に鹿島城をまもって戦った家老の一人、卜伝・塚原高幹へいいのこした。

松本備前守が伊勢守に属望することの、なみなみでなかったことが知れる。

このとき、伊勢守は十七歳であった。

伊勢守の初陣も、そのころである。

当時は関東一帯が麻のようにみだれ、豪族たちの争乱が絶えず、主家・上杉氏

にしたがい、上泉父子もあわただしく出陣をくり返していたものだ。

戦って城へもどる。

そして、束の間の平穏がやって来ると、

「行け」

父のゆるしを得るや、伊勢守秀綱は馬を駈って鹿島へ馳せつけた。

鹿島の神宮に往古からつたわる武道の神髄は中興剣法の源流となり、多くの名人を生んだ。

いわば東国における武道の聖地である。

鹿島へ来れば、塚原高幹の教えをうけることもあった。

鹿島城士たちを相手に、三日三夜の立切試合を高幹から命ぜられたのも、このころである。

はじめは半日。

次に一昼夜。

一夜ねむった次の日から、入れ替り立ち替り襲いかかる城士たちの木太刀を相手に、三昼夜を休む間もなく闘わねばならぬ。

腰も下ろせぬ。

立ったままで一日に二度、ぬるい重湯をすすりこむだけであった。

日中、塚原高幹はねむってい、夜に入って城士たちが帰ると、入れかわってあらわれ、

「まいるぞ」

夜が明けるまで相手に立ち、伊勢守の骨の髄が飛び散るかと思われるほどの猛烈な打ちこみをかけてくるのだ。

朝になると、また城士があらわれ、高幹とかわる。

場処は、鹿島神宮裏の森林の一角を切りひらいた野天の修行場である。

「激痛が何度も襲い、血尿、血痰を発して、口中も腫れ上り、まさに分別も絶えんとするわけだが……」

と、伊勢守は、まだ国峰へ嫁ぐ前の於富に語ってきかせたこともある。

「なれど……三日目の夜が明けようとするとき、私の五体は、澄みわたった大気の中にとけこみ、筆にも言葉にもつくせぬ清らかな、得体の知れぬ、大きなちからが体内の奥底から、こんこんとわき出ずるのをおぼえた」

するとお於富は、

「伊勢守さま。わたしめにも立切の修行、いたさせて下さりませ」

と、せがんだものである。

こうした修行の段階は、剣法に禅の影響が加わって生まれたものであろう。

そして伊勢守は、第二の師・愛洲移香斎（あいすいこうさい）にめぐり会うことになる。

この八十に近い放浪の老名人によって、亡き松本備前守から受けた伊勢守の剣は開花したといってよい。

「恩師……」

孤独な立切修行の反復の合間には、

「わが、恩師よ……」

崖上の小さな草原にすわり、伊勢守は二人の恩師のおもかげを追うのである。

追憶（ついおく）ではない。

いま、自分がきわめつくさんとしている剣法の体系の中に、

（二人の恩師の生命（いのち）をふきこむのだ）

伊勢守にとって、二人の師や、亡き父・憲綱は死滅した、土中に埋もれた白骨ではない。

一の人の生命は、かならずや次代の人のいのちへうけつがれてゆくからである。

この森へ入ったときは、むせ返るような青葉の匂いにみちみちていたが、いまは吹きつのる山風が落葉を巻きあげ、これが雨のように渓流へ吸いこまれゆく。

たらした髪をむぞうさにむすび、麻の帷子（かたびら）と袴を身にまとっただけの伊勢守は、この日も崖の淵に半眼をとじて趺坐（ふざ）したまま、身じろぎもせぬ。

背後の崖下には、荒砥川が岩壁にせばめられ、すさまじい声をあげている。

風に、雲がうごいている。

陽が蔭（かげ）った。

草原の向うの山林の中から、にじみ出たようにあらわれた二つの人影があった。

伊勢守は、まったく気づかぬかのように見えた。

二人は近づいて来た。

ともに屈強の旅の武士であった。

「上泉秀綱殿とお見うけ申す。それがしは讃岐（さぬき）の牢人（ろうにん）にて稲津（いなづ）孫作」

「それがしは土井（どい）甚四郎」

名のりをあげ、伊勢守の眼前二間のところまで来て、二人は片ひざをつき、

「一手、御指南（ごしなん）をたまわりたい」

押しころしたような声でいった。

伊勢守はうごかない。二人に視線をあたえようともせず、かさねてくちぐちにせまる牢人たちにこたえようともしない。

時がながれた。

一瞬、ちらと眼くばせをかわしたかと見えた牢人二人が、怪鳥(けちょう)のように飛び立った。

大気を切り裂いた二すじの光芒(こうぼう)は、電光のごとく伊勢守秀綱の五体をつらぬいたかに見えた。

丁度このとき、食料をはこんで三夜沢の森へあらわれた疋田文五郎が伊勢守の小屋の前から、偶然にこの光景を見て、

(南無三(なむさん)……)

おもわず両眼を閉ざしたほどの、それは恐るべき襲撃であった。

戦乱

一

二人の剣士は、同時に殺到し、伊勢守の胸腔をめがけて刺撃したわけであるが……。

その転瞬。

趺坐したままの伊勢守秀綱の上体が、あおむけに地へ倒れた。

その頭上を躍りこえたかに見えた土井甚四郎と名のる剣士は、叫び声もあげず、吸いこまれるように崖下の渓流へ落ちこんでいった。

「うおっ……」

すさまじい咆哮をあげ、辛うじてふみとどまった稲津某が伊勢守の左側面へ飛び退き、太刀をふりかぶった。

反転した伊勢守の手から紫電が疾り、稲津の鳩尾へ突き立ったのはこのときである。

「う、うわ……」

稲津の体軀が烈しくゆれた。

伊勢守は片ひざを立てた姿勢で、しずかにこれを見まもったが、その右半面のこめかみのあたりから糸のように細い血のしたたりが見えた。

すべては瞬時のことで、小屋の前にいた疋田文五郎が両眼をひらいたとき、稲津某は、大刀を落し、鳩尾に突き立つおのれの小刀の柄をにぎりしめたまま、くずれ折れるように倒れかかっている。

二剣士の刺撃をかわしつつ、伊勢守は稲津の差しぞえの小刀をぬき奪ってい、反転するや、これを投げつけたものである。

「殿!!」

疋田文五郎は叫び、山道を走り下った。

伊勢守の視線が屹となながれた。

文五郎を見たのではない。

草原をへだてた彼方の山林の一点を凝視したのである。

と……。

「う……く、くく……」

苦悶に顔をゆがめ、うなり声をあげながら稲津某は落ちた大刀をひろい、これを崖下へ放り捨てた。

伊勢守が稲津を見た。

稲津は鳩尾から小刀をぬきとり、これもまた崖下へ投げ捨てるや、がくりと地に伏した。おのれの武器を伊勢守へわたしたくないという一事を遂行するため、この男は息絶えんとして尚、最後の気力をふりしぼり、これだけのことをしたのであった。

上泉伊勢守が屹立し、ふたたび山林を見たとき、その暗い木蔭の一点からすべり出した一個の人影が、風のように草原を突切り、伊勢守へ肉迫して来た。

一羽の鷲が鉛色の雲を割って降下し、草原の上を飛び去った。

新たな敵と、これを迎え撃った伊勢守が激突したのはこの一瞬である。

山道を駈け下って草原へ出た疋田文五郎は、激突し、次いで飛びちがった二人を見て、

「うぬ!!」

大刀をぬきはらい、師の敵へ突進しようとした。

「待て!!」

はじめて、伊勢守秀綱がするどい声を発した。

「殿……」

「文五郎、うごくな」

「は……」

敵は、伊勢守と飛びちがい、崖縁を背にして大剣をかまえていた。

剣の先端が、ほとんど地に接するほどの下段にかまえたその剣士の体軀は、伊勢守に毫もおとらぬ堂々たるものである。

年齢のころは三十がらみと見えたが、身につけているものも立派で、山吹茶の地色に黒蝶を散らした染織の小袖も中国産の生糸をつかったはでやかなものだし、なぜか左眼をとじ、右眼を活と見ひらいた剣士の風貌は、

「まさに、金剛神の彫像を見るような……」

のちに、伊勢守をして嘆ぜしめたほどであった。

「うごくな」

たまりかねて身じろぎをしかけた文五郎へ、伊勢守が見返りもせずにいった。

どれほどの時がながれたろう。

雲は、まったく陽光をさえぎり、烈風が峰々をわたって吹きつけてきた。

剣士は太刀を下段につけたまま、左方へまわりはじめた。

伊勢守は位置を変えず、剣士のうごきにつれ、体をひらいてゆく。

剣士が崖の縁にそって、山林の末端へ行きついたとき、かたくかたく閉じている彼の左眼から血の粒がもりあがり、それがたらりと尾をひいて面上へつたわった。

剣士は山林へ消えこもうとして、落ちつきはらった一礼を伊勢守へ送り、

「十河……」

と、名のった。

姓はきこえたが、名は風に飛び、伊勢守の耳へもとどかぬほどの低声であった。

十河某は、去った。

「殿……」

走り寄った疋田文五郎は、主の左肩先から鮮血がふき出しているのを見て狼狽をした。

「ひ、卑怯な……」

片ひざをついた伊勢守を介抱しつつ、文五郎が叫んだ。

「いうな。あの者たちは卑怯ではない。上泉秀綱の修行の場と知ってのりこんで来たのじゃ。武芸者の修行の場は闘いの場処である」

「は……」

「先の二名は名のりをかけて立合いを申し入れ、わしはこれにこたえなんだ。こたえぬ以上、あの者たちの申し入れをうけたことになろう」

「はっ」

こたえつつ、文五郎は知った。

無刀の伊勢守が十河某と飛びちがいざま、敵の一刀に肩の肉を切裂かれるのと同時に、右の二指をもって相手の左眼を突き刺したことを……。

「恐るべき相手であった……」

伊勢守がつぶやいた。

「下段からのあの突き刀は、中条流のものであるが……それのみではない。あの三名のうち、最後の一人がおそらく先の二人の師であろう。独自の発意による剣法であった」

「十河……と名のりましてございますな」

「うむ……」

うなずいた伊勢守は沈黙し、何か想いめぐらす様子であったが、やがて、ふとい嘆息をもらし、

「文五郎よ……」

「はい」

「世はひろいな」

「は……？」

「われらの見知らぬすぐれた剣士が、どこにひそみ、いずこにかくれ住んでおることか……」

二

二年、三年と歳月がながれた。

諸国の戦乱は、激烈さを加えるばかりとなってくるが、上州の箕輪と大胡の両城をむすぶ一線は安泰であった。

これはむろん、箕輪城主・長野業政の威望と実力が大きかったわけだけれども、

甲斐の武田晴信（信玄）は、信濃攻略に全力をあげていたし、越後の長尾氏は、前代の長尾為景の子、晴景と景虎の兄弟があらそい、ついに弟の景虎が勝って家をつぎ、春日山城主となったばかりで、他国よりも自国の経営に熱中していたから、

「いまのところは、北条軍の攻勢になやまされる上杉管領家をたすけておればよい」

と、長野業政は来たるべき関東進出にそなえて兵力をたくわえ、軍備をととのえることに意をつくしていたのである。

上泉伊勢守も長野の麾下にあることだから、ここ数年は、思うままに武術への研鑽にひたりこむことができた。

伊勢守についてはさておき、この間における疋田文五郎の進境はめざましいものがあったという。

国峰城にいる於富も、その子の千丸も元気で、小幡図書之介との間も、

「まこと、家来や侍女たちが面をあからめるほど……」

それほどに、夫婦仲がよいとのうわさが伊勢守の耳へもきこえてきた。

（なれど、千丸は、まことにわしの子なのか……？）

時折ふっと、伊勢守はその一事をおもう。

しかし、於富は国峰へ嫁いでから、まるで伊勢守を忘れはてたかのように一通のたよりもよこさぬし、まして図書之介との仲が濃密になるばかりというのでは、図書之介としても、千丸を我子とおもいこんでいると見てよい。

（あの小むすめに、わしとしたことが……）

伊勢守は、そこへ考えおよぶとき、たのしげな苦笑をうかべてみることもあった。

また、三年を経た。

上泉伊勢守秀綱も四十半ばの年齢となった。

このころから、上州の様相も、にわかに急迫をしてくる。

先ず第一に、長野、上泉の両家が主柱としている関東管領・上杉憲政が、北条氏康の圧迫をささえきれなくなってきたことだ。

第二に、武田晴信に追われた信州の大名、豪族たちが越後の長尾景虎をたよってあつまり、ここに景虎のふくれあがった兵力は、上信二州を境にして、いやでも北条・武田軍と対抗せざるを得なくなったことである。

家をついで間もないのに、長尾景虎は猛勇鬼神のごとく戦いつづけ、またたく

間に越後を平定し、

「いよいよ、関東へのり出さん」

との決意をかためたばかりか、わずかな供まわりをしたがえたのみで、北陸道をまわり、迅速果敢に京の都へ馳せつけたりしている。

これは朝廷と足利幕府への、自分が叙任された御礼言上という名目だが、来たるべき機に天下を平定して上洛せんとする下準備をおこなったと見てよい。

ときに長尾景虎は二十四歳。

この若々しい軍神のような武将については、さすがの長野業政も、

「伊勢守殿は、いかが思われる？」

その進出ぶりのすさまじさに舌をまいて問うた。

「わしはな、伊勢殿。長尾景虎のすばらしき威勢をなおざりにはできぬとおもう」

「景虎公にしたがいまするか？」

「どうじゃ？」

「どちらにせよ、戦さをしかけてはなりますまい」

関東制覇をねらう長尾、武田、北条の角逐の中で、関東の主人ともいうべき上

杉管領家のちからはおとろえ、これにしたがう長野・上泉の両家としては、苦悩ただならぬものがあったのだ。

このころから長野業政の密使が、しきりに越後へ走った。

同時に、平井城の上杉憲政との使者の往来がはげしくなる。

平常は何かにつけて上泉伊勢守へ相談をもちかける長野業政なのだが、

「箕輪の殿は、いざ事をかまえるとき、なにごとも御自分の肚ひとつにおさめてしまい、わが家来にも知らせず、断行なされる」

と、このごろの伊勢守は困惑の笑いをもらすことが多い。

しかし、長野業政の胸底がどのように決まったかを、伊勢守は知っていた。

業政は主家の上杉憲政へ、

「この上は、ぜひにおよびませぬ。関東管領の役目を長尾景虎へおゆずりなされませ。そして、景虎の羽の下でゆるりとおくつろぎ下さるよう」

しきりに、もちかけているらしい。

上杉憲政は、三十そこその若さなのだが政治力もないし、まことに凡庸な人物であり、

「つくづくと戦乱の世に生まれた自分がうらめしいぞよ」

などと、北条氏康から戦争をいどまれるたびに泣言をもらしたりするほどなのだ。

伊勢守は、長野業政の考えを、

（無理もないことじゃ）

と、見ている。

伊勢守自身、一城の主である以上、自分の肩にかかる責任のすべてをわが孤剣をふるうことによって解決できるものではないのだ。

大胡の城主であれば、どこまでも、いまのところは長野業政と力を合せなくては大胡や上泉の領地を守りきれぬのである。

そのうちに、関東管領の本拠(ほんきょ)たる平井城が、北条軍に攻め落されてしまった。

このときには、ほとんど戦闘もせず、平井城の将兵は主人・上杉憲政をほうり捨てて逃げ散ってしまい、憲政は、わずか五十の兵にまもられ、ついに越後の長尾景虎をたよって城を脱出したものである。

重臣の曾我兵庫介(そがひょうごのすけ)らが、

「……長尾家は、もともと上杉家譜代(ふだい)の臣であったものでござるゆえ、すべてを水にながして頼りゆけば、かならず力強き味方ともなってくれましょう。いまは長尾景虎にたより、機を見て、ふたたび関東へおもどり下さい」

しきりにすすめたのは、彼らが、かねて長野業政と意を通じ合っていたもので、このときの業政は、

「平井の城が、あぶのうござります」

との注進を受けても、

「よい、捨ておけ。管領の殿は今少し心細い目にあわせたがよいのじゃわえ」

援兵もくり出さなかった。

こうして、上杉憲政にたよられ、

「よろしゅうござる。かならずや上杉家の御為ともなりましょう」

長尾景虎は心づよく受けあい、翌年の晩春になると八千余騎をひきい、関東へ出兵し、たちまちに平井城をうばい返してしまった。

彼が不識庵謙信（ふしきあんけんしん）と号し、諸国強豪と戦って一歩も退かぬ決意をしめしたのもこのころであった。

こうして、謙信の関東出兵は年毎にひんぱんとなるわけだが……。

「こうしてはおられぬ」

小田原の北条氏康も甲斐（武田氏）駿河（するが）（今川氏）との三国同盟をむすんでか

らは一層に気力が充実し、下野（しもつけ）、上野（こうずけ）への侵略へ猛然たる意欲を見せはじめた。

天文二十四年になると……。

北条氏康は一万六千の大軍をひきいて、一気に上州へ迫り、たちまちに厩橋（まやばし）（現前橋市）の城にいた長野道賢を追いはらってしまった。

厩橋は、箕輪と大胡の中間にあるのだから、ここを敵にとられては、長野と上泉の両家は交流できぬ。

だが、箕輪の城は猛将・長野業政がまもる天下の堅城であるから、北条氏康は、

「先ず大胡を落せ!!」

麾下の猪股能登守（いのまたのとのかみ）へ五千の兵をあたえて出発せしめた。

厩橋の北条本陣から大胡までは、三里そこその近距離である。

大胡の城の物見櫓（ものみやぐら）から見ると、敵の軍列が土ほこりをあげて肉迫して来るのが厭（いや）でも見える。

大胡城をまもる上泉軍は、わずかに七百。

いずれも決死の覚悟で籠城の仕度にかかろうとするや、

「やめよ」

伊勢守秀綱が可笑（おか）しげに、

「むだなまねはすまい。みな、逃げい」

という。

さらに、この大将はいった。

「わしも逃げる」

上州一本槍

一

実に見事な退去ぶりであった。

城主の上泉伊勢守みずからが、

「城へたてこもりても、ささえきれぬは必定（ひつじょう）である。それならば無益（むやく）に戦って味方の血をながしてもはじまるまい」

平然と、淡々として、

「いずれも身ひとつでよい。早う城を出て逃げよ」

と、命じるのであった。

上泉家の先祖は、藤原秀郷(ひでさと)から出ており、このながれをくむ大胡(おおご)太郎重俊が、上州・大胡の庄の城をかまえてから、その後、重俊の末、勝俊(かつとし)の代に大胡の西南方二里の上泉の地へ砦(とりで)をきずき、ここへ住したのが上泉氏の起りである。

本家の大胡氏は、そのうちに武州へ移ってしまい、したがって分家の上泉家が大胡の城主となった。

こうしたわけで、大胡氏の一族も、伊勢守秀綱の重臣として残存しており、

「れんめん二百余年にわたって、この地をうごかぬわれらが、一戦も交(まじ)えずに城をあけわたすなどとは、いかに秀綱殿のおおせとあっても、それがし、承服でき申さぬ」

一族の中でも副将格の大胡民部左衛門(みんぶざえもん)が烈しくせまると、伊勢守は事もなげに、

「なに、城は北条方へあずけておくだけのことじゃ」

「なんと申されます？」

「また、この手にもどる。それでよかろう」

たちまちに兵をまとめ、

「それ、退けい!!」

城門を押しひらき、たちまちに全軍が消えてしまった。

入れちがいに大胡へ攻めこんで来た猪股能登守は、強豪のほまれも高い上泉秀綱との決戦にのぞもうとして、決死の形相もすさまじく、

「秀綱が首は、このわしが討つ!!」

猛然としてのりこんでくると、大胡城は藻抜の殻である。

「これは……」

と、北条氏麾下でも音にきこえたこの豪傑は、人気もなく開けはなたれている城門の前へ馬を乗りつけたまま、しばらくは声もなかった。

大胡を脱出した伊勢守は全軍を三手にわけ、

「平井の城へあつまるように」

それぞれ離れているようでいて、たくみに連繋をたもちつつ、一度は赤城の東麓へ迂回すると見せ、夜に入るや一気に伊勢崎の東方をぬけ、翌々日の早朝、平井城へ入った。

いまの平井城には、伊勢守の主人ともいうべき管領・上杉憲政はいない。

上杉憲政にかわり、越後から関東へ乗り出して来た長尾景虎の重臣・北条安芸

守（かみ）が平井の城代（じょうだい）となっている。

「ようも思いきられた」

と、北条安芸守はよろこんで伊勢守を迎え、

「いまは、山上の城が落ちかけているらしい」

といった。

山上城は、大胡城の東方二里のところにあり、若き城主・山上藤七郎氏秀（うじひで）がまもっている。

伊勢守は大胡退去にあたり、

「すぐさま全軍をひきいて城を出で、われらと共に平井へおもむくよう、氏秀殿につたえよ」

と、疋田文五郎を使者にたてていい送った。しかし血気の山上氏秀はきこうともせず、籠城に決し、大胡を手に入れた猪股能登守の猛攻をうけ、はげしく戦ったが、ついにおよばず、やがて、

「落城の折に、うまく氏秀殿は脱出されたというが……」

山上氏秀は行方不明となってしまった。

箕輪城の長野業政は、

「上泉の城ひとつをうばい取られるよりも、伊勢守が生きてあるほうが、どれほど心強いことか知れぬ」

伊勢守が無事に平井へ入ったときき、

「平井、国峰、箕輪と、この三城が手をむすび合っているかぎり、上州は決して北条の物とはならぬ」

と、使者を送ってよこし、伊勢守をなぐさめてくれたものである。

果して……。

春もすぎようとするころ、長尾景虎が大軍をひきいて越後から関東へあらわれた。

いうまでもなく、景虎の関東における本拠は平井城である。

上泉伊勢守は、このときはじめて、平井城へ入った長尾景虎に目通りをした。

のちに上杉謙信となった景虎は、このとき二十六歳の若さであったが、

(すばらしき武将ではある)

さすがの伊勢守も瞠目(どうもく)したものだ。

景虎は、伊勢守におとらぬ六尺ゆたかな体軀で、のちに吉川家の使者・佐々木定経が景虎に対面したときのことを、

「ちょうど読経(どきょう)中であったが、すぐにやめ、山伏(やまぶし)の姿にて太刀をしっかと刺(さし)かためて壇上(だんじょう)から立ち出でたる謙信公を見たときには、音にきこえた大峰の五鬼か、葛城(かつらぎ)高天の大天狗(だいてんぐ)を見るおもいがし、身の毛がよだつおもいがした」

と、語りのこしているほどである。

若年の身で一切の欲念(よくねん)を絶ち、我身のすべてを戦陣へ没入させている長尾景虎の風貌(ふうぼう)には、まさに鬼気せまるものがあった。

「それがしが手引きつかまつります。赤城南麓の諸城をうばい返していただきたし」

と、伊勢守が申し出るや、景虎は、左右不ぞろいの両眼（右眼が大きかった）を活と見ひらき、

「心得てある!!」

叫ぶように、こたえた。

このとき、景虎の双眸(ひとみ)が、

「まるで血の色を見るように赤く見え申した」

と、そばにひかえていた大胡民部左衛門が後に語った。

長尾景虎は、みずから陣頭に立ち、総勢一万をひきいて平井城を発した。

このときは、長野業政も、

「それがしも出張りましょうず」

めずらしく、みずから箕輪を出て厩橋の北条氏康・本陣を牽制した。

業政の出兵とあれば、北条氏康もうかつにうごけぬ。

この隙に、景虎は利根川をわたり、

「先ず、大胡をうばい返せよ!!」

旋風のように、上泉をうばい返し、大胡城へ襲いかかった。

このとき、大胡には益田丹波之介が入っており、

「なんとしても城をまもりぬけ」

と、北条氏康から命じられている。

「先陣は私めに……」

と、伊勢守は景虎に願い出て、手兵をひきい、城門へせまった。

これを見て、稲荷曲輪につめかけていた益田勢の一部が、

「それ、追いくずせ」

曲輪の虎口から押し出し、槍ぶすまをつくって、突撃して来た。

「そのとき、伊勢守秀綱殿は……」

と、戦いのすべてを目撃していた長尾景虎の臣・夏目定盛(なつめさだもり)が、次のように景虎へ報告している。

「馬首をつらね、槍ぶすまをつくって押しかける敵勢の真只中(まっただなか)へ、伊勢守殿は狩りにでもおもむくがごとき何気もなき風情(ふぜい)にて槍をかいこみ、先ず只一人にて、するすると、まるで溶けこむように入りこみましたるが……かと思うたる刹那、敵方の槍数本が陽にきらめいて宙天へはね飛び、同時に、敵のそなえがどっと乱れたちましてござる」

　これを待ちかねたように上泉勢が、

「殿へつづけ!!」

「わが城をうばい返せ!!」

鬨(とき)の声をあげて、錐(きり)をもみこむように突き入った。

勝手知った城の地形である。

別手の一隊は、城内・曲輪の一つにある大胡神社の側面から侵入して攻めこむ。

なにしろ、長尾の大軍を背後にしての突撃であるから、

「もはや、これまで」

夕刻になると益田丹波之介は城をささえきれなくなり、血路をひらき逃げ出し

てしまった。

こうして、上泉、大胡をうばい返した後、さらに長尾景虎は、膳、山上、仁田山の諸城を攻め取った。

部隊をおさめるや、景虎は全軍をひきい、堂々と廐橋城前を通りすぎ、箕輪から出て来た長野業政の陣へ到着をしたが、北条氏康はかたく城門をとじ、打って出ようとはせぬ。

上泉と大胡は、ふたたび伊勢守の手へもどった。

二

以後の五年間は、上泉伊勢守秀綱が、大胡の城主として、戦乱の武将として、もっとも目ざましく活躍した時期であったといえよう。

長尾景虎の関東出兵は、ほとんど毎年のようにおこなわれた。

そのたびに上州における北条方の基地が、うばい取られていった。

箕輪の長野業政は、

「そこもとに、上州の目代(もくだい)をつとめてもらおう」

と、長尾景虎に命ぜられ、意気軒昂たるものがある。

いまの長尾景虎は、まったく関東管領になったのと同じことで、

「あとはもう、機を見て上杉家の家督をつぎ、朝廷と将軍のおゆるしを得るだけのことじゃ」

と、業政はいった。

戦陣に明け暮れる歳月がながれていった。

長尾景虎の刮目すべき上州進出を見て、さらに敗戦をかさねつづけている北条氏康は、小田原にいても落ちついていられぬ。

弘治三年になると、甲府の武田信玄へ使者を送り、

「長尾景虎が、上杉憲政にかわって関東へ乗り出して来てからは、上州一円が乱れはじめ、ことに、箕輪の長野業政が大胡の上泉伊勢守と手をむすび、いずれも景虎の力をたのみ、上州のみか武州へも手をのばしはじめてまいった。それで、いかがなものであろうか。いまこのとき、武田と北条の両家がちからを合せ、本腰を入れて上州平定にのり出しては……。

もしも武田家において長野業政を討ちほろぼしていただけるなら、それがしは武州の太田資正を討つ。そうして上武二州を分け合おうではござらぬか」

と、もちかけた。

武田信玄にしても、

「のぞむところ」

である。

春になると、信玄は一万三千の大軍をみずからひきい、甲府を発し、上州へ乗り出して来た。

上州方では……。

長野業政を主将として、上泉伊勢守、国峰城の小幡信貞その他、いずれも上杉・長尾の麾下にある諸将合せて二万が出動して武田軍を迎え撃った。

両軍は、瓶尻の原で激突した。

現在の妙義山の東麓にあたる。

猛戦四刻……。

さすがに天下無比の強兵をほこる武田軍であった。

六十をこえた長野業政も、陣頭に立ち、たくみな駆けひきを見せたが、何といっても寄せあつめの上州軍だけに、

「もはや、これまで。箕輪へ引き返せよ!!」

すばやく兵をまとめ、箕輪城へたてこもってしまった。

武田信玄は、

「よし!! 無二無三に攻め落せ」

法峯寺口に本陣をかまえ、息もつかせずに攻撃をはじめた。

ところが、この城は、

「ふふん……落せるものなら落して見よ」

長野業政が豪語するだけあって、つけこむ隙がない。

箕輪城は、西方に榛名の山嶺を背負った丘陵にあり、白川のながれにのぞむ城地は数十尺の断崖上にあって、敵をよせつけない。

武州の鉢形、常陸の太田と共に関東の三名城とよばれたこの城に威を張り、長野業政は父祖代々、上杉家の執事として一歩も退かなかったのである。

武田信玄は、法峯寺口に滞陣すること約半月。この間に越後にあった長尾景虎は、箕輪籠城のことをきくや、

「ただちに押し出せい!!」

ただちに、信州・川中島へ向って進軍をはじめた。

景虎出陣を知らせる使者の報告をきいた武田信玄は舌うちをもらし、

「いたしかたもなし。陣をはらえ」

と、命を下した。

このまま滞陣をしていては、長尾景虎が武田の領国へ攻めこんでくるわけであるから、信玄も腰を上げざるを得ない。

四月二十五日に至って、武田軍は陣ばらいして信州へ向ったが……。

この籠城戦でも、上泉伊勢守は目ざましい働きをした。

攻めあぐんで焦(あせ)りに焦る武田軍の真只中へ、

「それ!!」

伊勢守秀綱が〔椿山砦(つばきやまとりで)〕の虎口をひらき、わずかな手兵をひきいて突撃したものである。

「上泉伊勢守じゃな。かならずや首を討て!!」

武田信玄が叫んだ。

喚声をあげて、押し包むようにせまる武田勢の先端を、伊勢守を先頭にした二十数騎が槍をふるいつつ、掠(かす)めるように過(よ)ぎった。

伊勢守秀綱の長槍がきらめくところ、たちまちに武田方の騎士八名ほどが馬上に突き伏せられて転落した。

　武田勢の悲鳴と絶叫があがる。

　押しつつむ間もなく先端を突きくずされ、武田勢は血相を変えて、伊勢守を追撃した。

　一名の損傷もなく、二十数騎をひきつれ、伊勢守は榛名沼とよばれる泥沼を一直線の縦隊となって逃げる。

「それ、逃げこませるな!!」

　いちめんに藁くずを散らした泥沼へ、それと知らずに三百余の武田勢がふみこんで来た。

「わあっ……」

「泥沼じゃ、これは、いかぬ」

　馬も人も、ずるずると泥に足をとられてもがくところへ、頭上の〔水ノ手曲輪〕から上州勢が、いっせいに矢を放った。

　この間に、伊勢守は虎口から城内へ逃げこんでしまっている。

　伊勢守の一隊が縦に走り通った細い道だけが、この泥沼の通路であったわけだ。

　思う存分に掻きまわし、射すくめて、このとき武田勢百七十余を討ちとったという。

○

さらに、三年の歳月がながれる。

この間、大胡の城主としての上泉伊勢守の武勇は、

「上州十六人の槍」

とか、

「上野国、一本槍」

とかの名誉を得ている。

戦闘の余暇には、相変らず剣の道にはげむ伊勢守であったが、諸国から伊勢守をたずねて教えをこう剣客たちも後を絶たぬ。

このごろの伊勢守は、大胡や上泉の城を息子・秀胤にまかせ、自分は手兵をしたがえて箕輪城にくらすことが多くなった。

長尾と武田の両雄が、関東進出をねらって戦さをくり返すようになっては、

「どうも、このごろの小幡信貞の進退が不安でならぬ」

と、長野業政が或日（あるひ）、上泉伊勢守にいった。

国峰城の小幡信貞は、二年ほど前から、なんとなく武田信玄と気脈（きみゃく）を通じているような節（ふし）がある。

「わが聟（むこ）ではあるが、戦乱の世には、いささかの油断もならぬ。そこもと、国峰へまいって小幡の意をたしかめ、長尾と上杉への忠誠の誓紙（しるし）を取ってもらいたい」

業政は、伊勢守へたのんだ。

「よろしゅうござる」

ひきうけたとき、

（於富と、その子にも会うてみたい）

伊勢守は、わが胸の底に何かどよめくものを感じた。

嘘か、まことか、於富が「小父さまの子」と、ひそかにもらしたその子の顔を、まだ伊勢守は知らなかった。

国峰の城

一

上泉伊勢守が、国峰の城へおもむいたのは、永禄三年の、早春の或日であった。

供(とも)まわりは、疋田文五郎ほかわずかに五名ほどで、箕輪城を出発するにあたり、長野業政が、

「伊勢殿よ。そのような不用意なことではならぬ。もしも、そこもとに万一のことあれば、わしはどうする」

顔をしかめて、くどくどといった。

業政は、このごろ体調がよろしくない。時折、急に胸がしめつけられるような不気味な痛みがおこり、この上州の黄斑(こうはん)（虎）とうたわれた猛将に一抹(いちまつ)のかげりがただよいはじめたことを、伊勢守は看(み)てとっている。

しかし長野業政の気づかいも、むりはないところなのだ。

去年も、また今年の正月も武田信玄の箕輪攻撃がくり返され、ついこの間まで、信玄は板垣信方・小宮山昌行などに兵をあたえ、箕輪を攻めさせていた。

「ふ、ふん。また来たか。同じことじゃわえ」

長野業政は、去年の春、総大将の信玄自身が大軍をひきいて攻めよせたときと同じように、小勢をわざと城外へ出撃させた。武田軍が追うと見れば引きあげ、勝手知った地形をたくみに利用して別手の突撃隊を自由自在にあやつり、折からの雪をさいわい、餓えと寒さにふるえている武田軍を、さんざんに打ち破ったものである。

「さすがに箕輪の殿だ。胸のすくような……」

と、伊勢守秀綱が思わず感嘆の声を発したほど、それは見事な采配ぶりであった。

こうして、武田軍は箕輪から退去して行ったのだけれども、ようやく上州に春がめぐり来た現在、その一部はまだ箕輪周辺に蠢動しており、諸方に点在する味方の砦をおびやかしている。

たとえ、国峰まで七里の行程にせよ、わずかな供まわりで使者にたつ上泉伊勢守の身を長野業政が気づかったのは、このためである。

「いや、供まわりを大形にしては、かえって目につきましょう」

と、伊勢守は平服のままで馬にまたがった。

さすがに疋田以下の騎士六名は武装であった。

榛名山の東のすそを烏川へ出て、さらに碓氷川をこえると甘楽の山地へ入る。

上州名物の春の強風が中天にうなりをたてていた。

岩野谷の部落をすぎ、曲りくねった道が、ふたたび上りになったとき、突如、前方の山肌の蔭に馬蹄の響みがわきおこった。

「あっ……」

という間もない。たがいに、ゆるやかな歩調ですすみ合っていたため、烈風の声が馬蹄の音を消してしまっていたのだ。

山蔭からあらわれた騎士五名、兵二十名ほどの一隊は、まさに武田方のもので、

「わあっ……」

「敵方じゃ!!」

約五間ほどの距離をへだてて、幅一間ほどの道に、双方がみだれ立った。

上泉伊勢守が、背後の疋田文五郎がさしのべてよこした長槍をつかんだのは、この一瞬であった。

「つづけ!!」ともいわず、伊勢守は只一騎、馬を煽って突きすすむや、

「曳!!」

槍をふるって、たちまち、先頭の二人を馬上から突き落した。

電光のような刺撃である。

甲冑に身をかためた敵二人は、伊勢守の槍にふかぶかと太股を突かれたのだ。

馬がいななく。

怒声がわきたち、いっせいに刀槍がきらめいた。

「曳。曳!!」

つづいて二騎。これは伊勢守の槍が敵の乗馬を突きまくったもので、血飛沫をはねあげて狂いたつ馬の背から、二人ともはね飛ばされた。

せまい道に押しつめていた敵が、どっと後退する。

「それ!!」

神わざのような攻撃をしかけておき、伊勢守は手綱をさばいて乗馬を道端へ寄せた。その迅速さは、愛馬〔残月〕の馬足が伊勢守の両足とも見えたという。

道をひらいた伊勢守の傍を駈けぬけ、馬を下りた疋田文五郎以下六名が、槍と太刀をふるって突撃した。

武田方の絶叫と悲鳴が、血と共にふりまかれた。

約四倍の敵を蹴散らし、伊勢守一行が、ぶじに国峰城へ入ったとき、夕暮れの空は、まだ明るかった。

二

於富が小幡図書之介へ嫁入ってから、伊勢守秀綱は一度も国峰の城をおとずれてはいない。

およそ十七、八年ぶりに城門をくぐった。

城主の小幡信貞は、かずかずの戦陣にも味方同士としてちからを合せて来ているし、

「よう、おこしなされた」

小幡信貞は、榎曲輪（えのきぐるわ）とよばれる城内の一郭にある居館（やかた）へ伊勢守を迎え、心をこめた歓待（かんたい）ぶりであった。

信貞の夫人で、於富の姉でもある正子が四人の男子をつれてあらわれ、

「恩師さま、おなつかしゅうございます」

眼をうるませて、あいさつをした。三十七歳になった彼女が見ちがえるばかりの豊満な肉おきになっているのにもおどろいたが、次に廊下へ手をつかえた於富を見て、

(これは……?)

伊勢守は目をみはった。

十五年前に、十八歳の彼女と別れたままの於富が、そこにいたのである。眉をおとし、鉄漿をつけて人妻のよそおいとなってはいるが、しなやかな肢体もむかしのままに潑剌としたうごきをひめており、

「上泉の小父さま……」

と、呼びかけた声も少女のときのままにおもえた。

ときに於富は三十三歳。

伊勢守秀綱五十三歳である。

つづいて、於富の夫の小幡図書之介が、二人の子と共に主殿へ入って来た。一人は十五歳になる千丸だと、すぐにわかった。一人は十歳ほどの女子で、これは

まさに於富が図書之介との間にもうけた子にちがいない。

　このときまで、千丸が我子だということに一抹の疑念を抱かぬこともなかった伊勢守であるが、

（まさに、わが子じゃ）

　ひと目で確信をもつに至った。

　千丸は、伊勢守の端正な顔貌に似てはいない。けれども……。

伊勢守が十八歳のころに亡くなった母に生きうつしといってよかった。

「これなるは、千丸にございます」

と於富は、にこやかにひき合せる。みじん、悪びれたところはないし、図書之介も、伊勢守へ両手をつかえた千丸をあたたかい微笑でつつみ見まもっているのだ。

「おお。みごとに成人をなされた」

伊勢守の顔に声に、いささかの動揺もなかった。

　この場で、千丸についての真実を知るものは伊勢守と於富の二人のみであろうが……二人とも過去についてはまったくこだわっていない。

　いや、過去になど、こだわってはいられぬ時代なのだ。

戦乱の世に生きぬいたそのころの男女にとっては、過去は無用のものといってよい。やがてはやって来るであろう平和の世に、ひたと眼をすえ、そこへ到達すべく、必死に烈しく闘いぬかねばならなかったからである。その苛烈な人生の中に、家を、愛をまもり育てるためには、過去にこだわってはいられないのだ。

にぎやかに、藹々として宴がすすみ、そして果て、正子・於富の姉妹がそれぞれのわが子と共に主殿を去るとき、別れのあいさつをした千丸が十五にしてはたくましい面上へ親しげな微笑をうかべて伊勢守を見つめたとき、

(む……)

さすがの伊勢守も、胸もとへ熱火のようなものが衝きあげてくるのを辛うじて、こらえた。

「小父さま。では、これにて……」

去るときの於富のその声が、その顔が……伊勢守の彼女を見た最後のものになろうとは、思ってもみぬことであった。

人ばらいがなされた。

主殿の、この一室には、にわかに緊迫のいろがただよいはじめる。

小幡信貞と従弟・図書之介。それに上泉伊勢守の三人のみが、高燈台の灯を中にして、きびしく向い合った。

伊勢守は、小幡信貞の剛直な性格をよくわきまえていたから、ものしずかに、だが率直にきり出してみた。

長野業政が、この聟のうごきを非常に気にしていること。

去年、今年の武田軍来攻のときも、城門を閉ざしたきりで、小幡勢は敵の背後をおびやかそうともしなかったこと。

「わがむすめごを二人まで、この国峰へ嫁がせたる業政公としては、いまや、われら上州の武人が、上杉か武田か、そのどちらかに与せざるを得ぬことになったる上は、ぜひとも尾張守（信貞）殿の誓言の証文をと、のぞんでおらるる」

伊勢守は、いい終えて小幡信貞を凝視した。

赤城の山湖のように深々たるものをたたえたその双眸の光には相手の眼を、心を、一瞬にしてひきこまずにはいないちからを秘めていた。

小幡信貞の面に見る見る血がのぼった。

図書之介は先刻までのにこやかな表情と打って変り、能面のような白々しい顔つきになり、空間の一点を見つめたまま、ひっそりとうごかぬ。

（なにごとも、城主であり従兄である信貞にまかせてある）

と、考えているものと見てよかろう。

わずかな沈黙の後に、信貞が口をきった。

「それがしも、伊勢守殿のおこころにそい、虚心をもって、おこたえ申しあぐる」

「うけたまわった」

「越後の長尾景虎公が、関東管領と上杉の称号をうけつぐこと、まさに目前。実に希代の名将でござるが……」

「む……」

「越後に本拠のあるかぎり、景虎公には天下をおさめる地の利がござらぬ。諸国の勢力は、次第に、いっそうの大きな勢力にふくみこまれ、このあらそいに打ち勝つものこそが天下をおさめまする。天子おわす京の都へ上り、京をおさむるためには、景虎公の武勇のみをもってしてもおよばぬことと存ずる」

「うけたまわった」

と、伊勢守は、長尾景虎の天下制圧のため「先ず関東をあたえようではないか」との、長野業政のことばをつたえた。

すると、小幡信貞は首をふって、

「武田信玄公あるかぎり、それはのぞめますまい」

きっぱりという。

上泉伊勢守という人物を中にたてて、これだけの断言ができるのは、信貞の武田方へ意を通じようという決意は、もはやゆるぎないものとしてよい。

従弟の図書之介にしても、国峰城の北方三里にある丹生(にう)の砦をまもっているのだが、ここは重臣の吉崎角兵衛にまかせ、戦さがないときは、於富や子たちと共に国峰城・三ノ丸の居館に暮している。つまり、城主の小幡信貞と同じこころとみてよかった。

伊勢守は冷静に信貞のこたえをうけとり、翌早朝、国峰を発して箕輪城へ帰った。

長野業政は、すべてをきくや、

「やはりのう……」

意外におどろきもせず、瞑目(めいもく)したまま、それからは一語も発しようとせぬ。

このとき、伊勢守は業政のこころが、どのようにうごきつつあるかを知らなかったし、また知ろうとも思わなかった。

五年前に、みずから大胡の城を捨てて一兵も損せずに退去したときから、われ知らず会得（えとく）するものがあった。

季節がうつろうごとく、川床（かわどこ）に水のながれるごとく、すべての事態に対して、あくまでも自然に寄りそい、しかも上泉伊勢守秀綱という我身を生かしきろうとするこころの自由自在なはたらきを無意識のうちに、つかみとっていたのであろうか。

初夏が来た。

伊勢守は、息・秀胤（ひでたね）にまかせてある大胡の城へ久しぶりに帰った。上泉常陸介（ひたちのすけ）秀胤は、いま三十一歳。堂々たる武将となっている。

途中の厩橋は、去年十一月に長尾景虎が攻め落してしまっているから、らくらくとして上泉へも大胡へも往復できるのである。

異変は、伊勢守が箕輪を留守にしている間に突如として起（おこ）った。

三

五月十九日の夜陰（やいん）……。

厩橋城をまもっている長尾謙忠の兵千余が、ひそかに城を出て箕輪城の方向へすすみはじめた。

謙忠は、長尾景虎の従弟にあたる。

同じころ、箕輪城からも長野業政自身が二千五百の兵をひきいて出発した。

そして、両軍は白川のあたりで合流し、おそるべき速度をもって国峰へ進軍をはじめたのである。

夜が明けたとき、国峰の城は完全に、箕輪・厩橋の連合軍にかこまれてしまっていた。

「卑怯な!!」

小幡信貞も、舅の権謀が、こうまで迅速にはこばれようとはおもっていなかったが、

「何の……落せるものなら落してみよ」

すぐさま籠城の仕度にかかった。

国峰城へこもる小幡勢は千余。およそ四倍の包囲軍を相手にしては、正面から戦えるものではない。

舅の長野業政が、こういってきた。

「手向いは無益（むやく）である。すぐさま、城をあけわたすよう。悪（あ）しゅうははからわぬぞよ」

聟は、これをはねつけた。

小幡図書之介が信貞にきいた。

「はたして、武田信玄公が手をさしのべてくれましょうか？」

「くれると思うから籠城するのだ。密使をぬけ出させ、武田方へつかわしたぞ」

「なれど、もしも……？」

「うたがいの心あって戦さができるか」

「では、どうあっても？」

「くどいわ!!」

「では、そのお言葉を舅殿につたえまする」

「図書。おぬし、籠城するのがおそろしいか。おそろしければ城を出て敵に降（くだ）ってもよいのだぞ」

「それがしも小幡一門にござる。どこまでも殿と共に……」

「よし」

この夜ふけに、寄手（よせて）が大手口へ攻めよせて来た。

「ふむ、来たか。この城はなかなか落ちぬぞ」

と、小幡信貞は不敵に笑い、

「よし、城門をひらけい!!」

みずから手勢をひきい、猛然と打って出た。

さすがに、長野業政が「あの聟だけは敵にまわしたらおそろしいぞよ」と洩らしていただけあり、信貞は槍をふるって思う存分に寄手を蹴散らしておき、

「おぼえたか」

颯爽として、風のごとく城内へ駈けもどった。

ところが……。

大将を迎え入れて、いったんはきびしく閉ざされた城門が、それから一刻ほど後になると、ひそやかに内側からひらかれていったのである。

城内に、裏切り者が出たのだ。

裏切ったのは、小幡図書之介であった。

上泉伊勢守にさえ知らせず、この年、七十一歳になる長野業政が、次女・於富の聟である小幡図書之介をひそかに抱きこんだ手ぎわというものは、なまなかなものではない。

「うわあ……」

喚声をあげてなだれこむ敵勢を見て、妻の正子と夜食をしたためていた小幡信貞も、さすがにおどろき、

「弥兵衛。おれは死ぬるぞ。そち、正子と子たちを逃がしてくれい」

老臣の猪子弥兵衛に命じ、長槍をつかんで躍り出して行った。妻や子たちと別れの言葉をかわす間もない。

正子も鉢巻をしめ、薙刀をかいこみ、侍女たちを指揮して居館をかためた。

「図書之介様、裏切り!!」

の叫びが諸方できこえる。

「なんと……」

正子は驚愕した。

裏切った男の妻は、わが妹で、しかも同じ城内にいる筈なのである。

落城

一

国峰の城が落ちたのは、五月二十一日の払暁であった。

ちなみにいえば……。

これに先立つ二日前の十九日。尾張の桶狭間において、今川義元の大軍が織田信長の奇襲をうけ、大将の義元は討死をしている。駿河・三河を制圧して威望も大きかった名門・今川家が、若々しい捨身の新興勢力に敗北したのである。

世は、まさに変ろうとしていた。

上泉伊勢守は、国峰落城の知らせを、上泉の居館においてうけた。

「国峰落城までは、こなたへ知らせてはならぬとの強いお達しでございました」

と、箕輪にいた疋田文五郎が騎馬で馳せつけて報告をしたのである。

箕輪へ残しておいた伊勢守の手兵は、国峰攻めに参加してはいない。

長野業政が、この謀略を伊勢守に計(はか)らわなかった肚(はら)のうちは判然としていないが、城を発して国峰へ向うにあたり、業政は疋田文五郎にこう洩らしたそうである。

「わしもな、この老齢(とし)になって、可愛いわが娘ふたりを、このしわだらけの手で敵と味方に引き裂(さ)こうというのじゃ。引き裂かねばならぬわしの決意が、もしもにぶっては……と思い、わざと伊勢殿には事をもらさなんだのじゃ。のちのち、このわしのことばを伊勢殿につたえてもらいたい」

業政としては、たぶん伊勢守が国峰攻略への反対の意志を抱くのではないかと、懸念(けねん)し、そうなったとき、自分の心がおとろえ弱まることをおそれたのであろうか……。

あの夜……。

小幡信貞は、侍臣数名と共に血路をひらき、城外へ脱出したという。

正子(せいこ)も四人の子と共に、混戦の中を逃げのびたらしい。なぜなら城が落ちたのち、この城主夫妻と子たちの死体を発見することを得なかったからである。

「ふむ。正子は逃(の)がれてくれたか……」

上泉伊勢守は、先ず、彼にとっては最初の女弟子であった彼女が無事であったことをよろこばしくおもった。

第二の女弟子である於富については、あらためていうべきこともない。

長野業政は、

「すでに長尾景虎公のゆるしをも得てある」

といい、小幡図書之介を国峰城主にすえた。於富は姉の正子にかわり、城主夫人となったわけだ。

於富は、当夜はじめて、夫・図書之介から、

「舅(しゅうと)殿にちからを合せ、裏切りするぞ」

と、うちあけられたが、一言も発せぬまま強くうなずき、すぐさま武装に身をかため、薙刀(なぎなた)をつかみとったという。

この姉妹が、もしも乱戦の中に顔を合せたなら、いささかのためらいもなく、互いに薙刀をふるって、

(闘い合ったことであろう……)

と、伊勢守はおもった。

そして、酷熱(こくねつ)の夏が来た。

伊勢守は、疋田文五郎を箕輪城へ帰したが、わざと上泉滞在をのばしていた。

大胡の本城は、息・秀胤にまかせておいてよい。

（よい機会じゃ）

毎日、大胡からあいさつに出向いて来る秀胤へ、みずから小笠原氏隆よりつたえられた軍法・兵略の道を教えはじめた。

これらは剣法のかわりに、むかしから秀胤へ念をこめて教えつたえてきたものだが、ここ十年ほどの間に伊勢守自身が得た豊富な体験から、さらに創意が加えられたものを、あらためてつたえ残しておこうと思いたったからである。

この最中に、箕輪から急使が只一騎で馳せつけて来た。

長野業政の急死をつたえてきたのであった。

この朝。業政は平常のごとく起床し、夏の習慣となっている水浴を湯殿でおこない、やがて、食膳にむかった。

箸を取ろうと手をのばした瞬間に、烈しい痛みが胸をしめつけ、苦悶のうめきをあげて打ち倒れたのが最後で、侍臣が静臥させようとしたときには、

「すでに、息絶えておわしたそうにございます」

と、上泉へ駈けつけて来た辻又右衛門がいった。辻は故業政の侍臣で愛寵もふかかった士である。

「又右衛門。箕輪の殿が御落命のことを他にもらしてはならぬ。ぬかりはあるまいな」

「はっ。箕輪城中にても、このことを知るは、わずかなもののみにて……その場に居合せたる侍女三名は、去らせずに斬って捨てまいてござる」

むごいことではあるが……家老の藤井友忠の、一分もすかさぬ処置によって、長野業政は発病したまま、居館の奥ふかくに療養していることになっているわけだ。

「わしは、いましばらく上泉にいたほうがよい。いま急ぎ駈けつけては、反(かえ)って真実(こと)を人びとにさとられよう」

「心得まいた」

「藤井友忠殿へよしなに……」

「はっ」

「おぬしも、ここへ馳せつけまいったるときには血相が変っていたようだ。こころをつけられい。帰るときは、わざとゆるゆる馬うたせ、平常(つね)の顔いろにて城へもどられよ」

「は……おさとしかたじけなく……面目(めんもく)もござりませぬ」

二

翌永禄四年の早春。

武田信玄は一万五千の大軍をみずからひきい、上州へあらわれた。

「さては箕輪の殿の死去を知ってか……？」

と、箕輪の重臣たちは騒然となったが、武田軍は疾風のように国峰の城へ攻めよせて行ったのである。

小幡信貞は正子や子たちと共に、武田信玄をたより、信玄は、

「ようもわせられた」

よろこんで迎え、信貞を武田方の上州における前線基地の一つともいうべき砥沢の砦へ入れ、これをまもらせた。

だから、今度の国峰奪回作戦については小幡信貞のはたらきが目ざましく、信貞は早くも国峰近くの諸将にはたらきかけて、これを武田方へ内応させ、武田軍の来攻にあたっては、

「図書之介めは、ずいぶんと剛強の男にござるが、不慮の事にあたりては度を

うしないまする」

と、信玄にのべ、夜半に国峰へせまるや、おびただしい松明をつらねて押し寄せた。

これを見て、図書之介よりも国峰の城兵がおどろき、かつての平井城がそうであったように城主を捨てて脱出するものが続出したので、小幡図書之介も、

「もはや、これまで」

於富や子たちをつれ、わずかな侍臣と共に城を逃げた。

箕輪へは使者を送って、急を告げにやったが、とても間に合うどころではない。

図書之介も、何とかして箕輪へたどりつこうと考えてみたが、なにしろ元城主の小幡信貞が寄手に加わっている。

国峰一帯の地理を知りつくしている信貞は、ぴしぴしと退路をふさぎ、

「なんとしても図書めの首を討ってくれようぞ」

すさまじく、肉迫して来る。

ついに、国峰城の東方半里のところにある宝積寺（図書之介の檀縁の寺）まで逃げ、ここで寺僧たちの応援をふくめ、五十人ほどで寄手を迎え撃つことになっ

た。

「もはや、これまでだ」

図書之介は山門へのぼり、矢種のかぎりに射たてた。

於富は手兵をひきい、谷間の峡路を攻めのぼって来る敵勢へ、

「ござんなれ!!」

猛然として駈け入った。

於富の薙刀がひらめくところ、雄川の急流へ斬りこまれて落ちるもの「数知れず……」と、物の本に記してある。

しかし、この抵抗にはかぎりがあった。

小幡図書之介が、妻子と共に宝積寺内で自刃したとき、ようやくに薄明が山峡にただよいはじめた。

このとき於富は、わが夫の介錯をし、その首を土中に埋めてから、自決したそうである。

この知らせは、その日の夜半に、上泉にいた伊勢守の耳へ入った。

「於富が死んだか……そして、千丸もな……」

武田軍来攻とききき、箕輪へ入城すべく出陣の仕度をととのえていた伊勢守秀綱

は、さすがに沈痛な色をかくすべくもなかったようである。

さらに、伊勢守を瞠目させる事態がおこった。

夜明けと共に、上泉を発せんとしたとき、国峰から脱出した者が二名、上泉へたどりついた。

一名は、小幡図書之介の侍臣・大沢蔵人で、一名は、図書之介の長子・千丸であった。

二人とも見すぼらしい百姓姿になり、

「二名のみなれば、なんとか逃げのびられるやも知れぬ。いざともなれば共に死ね」

と、図書之介が命じたので、宝積寺から雄川のながれへ下って、急流の中をわたり、闇にまぎれ、無事にたどりついたのだという。

このとき、図書之介は於富にも脱出をすすめたが頑としてきき入れず、十歳のむすめを先ず刺し死なせてから薙刀をかいこみ、

「われは夫と共に死ぬる。この品を恩師さまへ……」

鉢金のついた白絹の女鉢巻を、大沢蔵人へわたし、千丸へは、

「恩師さまを、わが父母ともおもうよう」

と叫ぶようにいった。

すると、図書之介がにっこりと笑い、

「蔵人。伊勢守殿にかくつたえよ。いまこそ千丸をおわたしつかまつる、とな……」

すべてを大沢蔵人からきき終え、伊勢守秀綱は、あたたかい微笑を千丸へあたえつつ、

「母御前（ごぜ）のことばを、忘れまいぞ」

しずやかにいった。

於富が伊勢守へ形見（かたみ）にのこした鉢巻の鉢金の中には、黄ばみつくした檀紙二片がはさみこまれてあった。十六年前に伊勢守が疋田文五郎のひたいに当てさせ両断した、あのときの檀紙であった。

この年。

長尾景虎は、正式に関東管領と上杉家をつぎ、上杉政虎となった。すなわち上杉謙信である。

謙信は、その勢いをもって小田原に北条氏康を攻めたが、城を落すことが出来ぬうち、上州から信州へ兵力をあつめ、越後をおびやかさんとする武田信玄のう

ごきに歯をかみならし、

「こたびこそは、積年のうらみをはらし、信玄の首をわが手に!!」

急ぎ越後へもどり、軍編成をたてなおし、信州・川中島へ押し出した。

両雄の一騎打ちがつたえられる、かの有名な川中島決戦がおこなわれたのは、このときである。だが、双方の犠牲が大きかったにもかかわらず、勝敗は決しなかった。

そのころになると……。

箕輪は、長野業政の死をかくし終(おお)せることができなくなっていた。

業政の死後、一年余を経ており、どこからともなく、上州一円に彼の死についてのうわさがひろまりつつあったからだ。

この年の秋に、業政の死は公(おおやけ)にされた。

そして、十六歳の嫡子(ちゃくし)・業盛(なりもり)が、若き箕輪城主となった。

業盛は千丸と同じ年に生まれた妾腹の子だが、長子・吉業が病死したため、後つぎとなったものである。

三

長野業政の死去を知るや、

「いまこそ、箕輪を落すべし!!」

武田信玄は着々と準備をととのえはじめた。

亡き業政にあしらわれ、何度も苦杯をなめてきているだけに、箕輪攻略にかけた信玄の執念（しゅうねん）はすさまじいものがある。

少しずつ、箕輪周辺の城や砦を攻め取って地がためをし、業政の死を知って動揺を見せはじめた諸方の武将を手なずけ、箕輪を孤立させようとはかった。

永禄六年二月。

武田信玄は、五万（あるいは二万ともいう）の大軍をひきいて、箕輪にせまった。

前年の冬から、すでに信玄は上州へ出張（でば）っていたという説もあるほどだ。

先ず、安中（あんなか）と松井田の両城が攻め落され、次いで内出、蔵人、礼応寺などの砦が落ち、箕輪は孤立した。

二月二十日……。

箕輪の南方三里のところにある若田原において、武田と長野両軍の決戦がおこなわれた。

このとき上杉謙信は武州や下野(しもつけ)の諸城を攻めていて、どうにも上州へは手がまわりかねている。

関東における武田・北条の共同作戦には、さすがの謙信も手をやいているかたちであった。

若田原一帯の戦闘は、二日にわたってつづけられたが、周辺の城や砦が次々に武田方に攻め落されてしまい、

「もはや、箕輪にたてこもるより道はなし!!」

藤井友忠は全軍をまとめて、箕輪城へひきあげて来た。

城主・長野業盛は、ときに十八歳。同年の妻を迎えたばかりのところである。

「よう、はたらいてくれた」

と、業盛は老臣・藤井友忠をねぎらい、籠城の準備にとりかかる間もなく、武田の大軍が波濤(はとう)のように押しよせて来る。

(もはや、これまでじゃな)

と、上泉伊勢守はおもった。

これまで、いかに武田信玄が攻めて来ても、箕輪城は周辺の諸城、基地の兵力をたくみに利用し、主として出撃戦をもって敵に対した。出撃あればこそ、堅城のちからが物をいうのである。

ところが、いまは、長野業政という雄将の死によって味方の諸城も砦も、みな武田方に降(くだ)り、または攻め落されてしまっている。

そのころの戦争というものが、どこまでも一人の最高指導者のちからによっておこなわれたということが、これでもわかる。

城の外部の諸方で、激戦がくり返された。

藤井友忠は、椿山砦の近くで武田信玄の一子・勝頼と一騎打ちとなったが、ついに打ち取られる。

ついで大手門も、甲州兵の反復攻撃に突き破られた。

城方の抵抗も猛烈をきわめ、大手門近くの戦闘では武田軍の死傷四百にもおよんだという。

「たとえ、この信玄ひとりになろうとも、この城を落さん!!」

武田信玄も眦(まなじり)を決していた。

この城の前城主になめさせられた苦渋を忘れきれるものではない。

夕刻になった。

城の各部で、次第に城兵が武田方へ降伏しはじめた。

このため、武田軍は箕輪城の東面へ迂回(うかい)することを得、城のもっとも弱い部門である「搦手口(からめてぐち)」から攻撃をかけることができたのだ。

「最後じゃな」

上泉伊勢守は、疋田文五郎以下五十余名の手勢をまとめ、稲荷曲輪で一息入れた。

城は、叫喚(きょうかん)と炎と血飛沫(ちしぶき)にぬりこめられている。

長野業盛が大薙刀をふるって敵兵二十八名を斬倒したのち、御前曲輪の持仏堂で自刃したのは、このころであったろう。

「よし、打って出ようぞ」

伊勢守は、しずかにいった。

大胡の城をまもる息・秀胤と、彼にあずけてある千丸のことも、こころに残らなかった。

ときに伊勢守秀綱、五十六歳。

敵兵の血に染んだ黒の鎧、剣成の兜に身をかためた伊勢守は、手兵と共に長槍をふるって稲荷曲輪から出撃して行った。

柳生の里

一

摩利支天の戦旗を疋田文五郎にかかげさせ、上泉伊勢守は手兵五十名を〔竜の丸〕の陣形にそなえ、

「業盛公も自刃されたいまは、捨身の奮進あるのみ!!」

決然として、段丘の下にむらがる武田軍の真只中へ駈け下ろうとしたとき、高らかに〔ほら貝〕が鳴りわたって、武田勢のうごきがぴたりと静止した。

その敵軍の中から、従者五名をしたがえた武田信玄の使者があらわれた。

使者は穴山伊豆守信君で、信玄の姉聟にあたる人物である。

「待て」

伊勢守も手兵を制し、穴山信君を迎えた。

「信玄公よりの口上をおつたえ申す」

穴山信君は誠心を面上へあらわし、

「城も落ちたるいま、無益の戦さをいたし、伊勢守殿ほどの天晴れ兵法者を死なせてはならぬ。すでに手いたく御はたらきあっての上なれば、討死は無益でござろう。この上は天下のため、貴所の兵法を世にひろめられては……との御言葉にござる」

条理にかない、礼をつくした武田信玄のあつかいであった。

「ねんごろなるおおせにて、いたみ入り申す」

と、伊勢守も淡々としてこれをうけいれた。

この場合も、大胡の城を敵にあけわたしたときと同様、伊勢守は何事にもこだわらず環境の変化に応じ、溶けこむという態度を見せた。

武田信玄は、伊勢守を麾下の将としてまねきたかったらしいが、

「長野家のほろびたるいまは、ただ独り、剣の道に生きる存念にござる」

と伊勢守は執拗な信玄のさそいに応ぜず、信玄をさしおいて他家へつかえるようなことは決してせぬことを誓った。

剣士としてよりも、一軍の将としての上泉伊勢守を信玄は惜しんだのであろう。

武田信玄が〔信〕の一字を伊勢守にあたえ、以後は秀綱を信綱にあらためたのも、このときのこととつたえられる。

伊勢守の手兵の大半は、大胡へもどされた。

「これよりは、大胡、上泉の地と城は、おぬしのものじゃ。これよりは何事もおぬしの一存次第である。尚も上杉謙信公にしたがうもよし、武田、北条の傘下に入るもよし。おもうままにいたせ」

と、伊勢守は息・常陸介秀胤へいいわたし、疋田文五郎、神後宗治の二人のみを供に、飄然として上州の地を去った。

神後宗治は、武州・八王子の郷士の家に生まれたという説もあるが、ともかく早くから上州へうつり、長野家につかえた。伊勢守信綱には年少のころから剣をまなび、疋田文五郎と共に伊勢守直系の門下として双璧とよばれるほどの手練者となったのである。

「五十をこえたいま、わしは、まこと新しきいのちをあたえられたおもいがする」

戦国の武将としての自分は消えた。

一個の剣士として自由自在に、ひろい世界を歩む新生のよろこびに、旅を行く伊勢守の面は薔薇色にかがやいていた。

このころ、すでに伊勢守は、おのれの剣の体系を完成していたものと考えられる。

恩師・愛洲移香斎が創始した〔陰流〕の剣法によって開眼した伊勢守は、わが剣法を〔新陰〕流と名づけた。あるいは〔新影〕とも称している。

伊勢守の剣技は……。

およそ四にわけられ、それぞれに燕飛、山陰、月影、松風などの秘伝、組太刀にわけられている。

これらの、伊勢守が体系づけた剣法は、現代の剣道の基盤となっているもので、筆者は若きころにまなんだ剣の技法から呼吸のととのえ方、こころのかまえ方などが、いかに伊勢守の〔新陰〕の影響をうけて完成したものかを、いま、あらためておもい知らされている。

この事をもってしても、上泉伊勢守の偉大さがわかるような気がする。

直感と、体得とによって、ようやく芽生え、受けつがれてきた日本剣道は、ここに伊勢守信綱によって体系づけられ、ひろく天下にゆきわたることになる。

竹刀(しない)を発明したのも伊勢守であった。

割った竹を束(たば)ね、これをなめし革(がわ)の袋へ入れてうるしをかけ、鍔(つば)もつけぬ竹刀がそれである。

それまでは木太刀か刃引(はびき)をした真剣をもって修行をしたもので、初心者の場合は死傷者が出ないわけにはゆかない。

このため、思いきって打ち合うことよりも、型をまなんで互いの打太刀(うちだち)は相手の肌へふれる寸前に止める。これを「つめる」といい、打太刀が肌に近く止まれば止まるほど「よくつめた」ことになるのだ。

初心者が、ここへ到達するまでは容易なことではない。

竹刀は、

「思いきったる修行のために……」

との伊勢守の考えから、生み出されたものであった。

いうまでもなく、竹刀は便利な稽古刀(けいこがたな)であるが、

「利便にまかせ、こころがこもらぬときは、むしろ害になろう」

伊勢守は疋田文五郎に、こう洩(も)らしている。

さて……。

関東から西へ、伊勢守一行の旅はつづいた。

伊勢守にとって、はじめて見る国々の風景が展開し、諸国の大名や武人にも会うことを得たのだが、伊勢守の人格と剣名はすでに諸方へひろまってい、伊勢の国司・北畠具教(とものり)や、織田信長から清須の城へまねかれたのも、この旅においてであった。

二

伊勢守一行が、尾張へ入り、大刹・妙興寺のあたりまで来かかると、道に村人がむらがり、いずれも血相を変え、怒りと不安の入りまじった只ならぬ様子で何事か談合している。

疋田文五郎が、

「なんぞ異変か？」

と、問うや、村人たちは伊勢守三人の武士を見て駈けあつまり、くちぐちに語りはじめた。

狂暴な無頼漢が、村人を斬り殺し、追いつめられたので村の幼児をうばい、これを抱えて妙興寺境内の納屋へ逃げこんだという。

「夜が明けても、子供を助け出せぬのでござります。そやつめが、刀の、抜身をもっておりますで……」

きくや、疋田文五郎と神後宗治が妙興寺へ向って駈けつけようとするのを、

「待て」

と、伊勢守が制し、傍の民家へ入って、村人たちに、

「たれぞ、剃刀をもて」

と、いう。

剃刀がとどくと、神後宗治に、

「わしがあたまをまるめよ」

と、命じ、さらに村人たちへ、

「寺へ行き、衣、袈裟、数珠を借りてまいれ。そしてな、にぎりめしを二つほど、支度せよ」

にこやかにいいつける。

そして僧侶の姿になると、両刀のかわりに二箇のにぎりめしを持ち、妙興寺の

納屋へ近づいて行った。

「だれだ!! 近よると子供のいのちはないぞ」

納屋の中から乱心者が怒鳴った。

伊勢守が、おだやかにこたえた。

「戸の隙間から、とくとごらん。わしは坊主じゃよ。仏の御慈悲をもって、にぎりめしをまいらせる」

「何だと……?」

「子供に食べさせてやってくれぬか。さぞ、ひもじかろう。おぬしも食べるがよい」

「毒を入れたな」

「毒が入っているかどうか……さ、そこの戸を、もそっと開けなされ。二つ抛ってあげもそう。どちらでもよいほうを先ず子供に食べさせたらよい」

戸が開いた。

乱心者も空腹にたえかねていたのであろう。

「それ一つ。うけとめるがよい」

伊勢守が尚も戸口へ近づき、にぎりめしの一つをほうると、男は左手でこれを受けた。

「それ、もう一つ」

と、残りの一つをほうった呼吸が乱心者の狡智をよぶ間をあたえなかったので、おもわず刀をはなした右手でこれを受けとめた一瞬、伊勢守信綱の体軀が矢のように納屋の中へ躍り入った。

「あっ……」

絶叫をあげた乱心者は、わずかに右手のにぎりめしをはなしたのみで、伊勢守に捩じふせられていたのである。

このはなしを「嘘」と見る人もいる。

しかし、上泉伊勢守の剣の道は、この旅の一挿話に尽きるといってもよい。

伊勢守の〔剣〕は、人を殺傷するためのものではなく、人を活かすためのもの、いわゆる活人剣の妙諦につきるからだ。

京の都へ入ってからの伊勢守のもとへは、

「一手の御教えを……」

と訪問して来る武人たちが絶えない。

相国寺に滞在しているうちに、正式の試合を申しこんでくる者も多かったが、伊勢守は、いずれも辞退をしている。

その中に、

「十河九郎兵衛高種と申す。ぜひとも手合せを……」

と、使者を送って来た者がある。

「十河……」

ときいて、疋田文五郎の面上が緊迫をした。

十河九郎兵衛の剣名は都に高い。

九郎兵衛は、三好長慶の弟・十河一存の一族で、中条流の剣法をまなび、のちに一派を生み、これを〔太虚流〕と称し、その猛烈をきわめた刺撃によって試合の相手が何人も死傷しているという評判を、京へのぼってからの伊勢守は耳にしている。

だが、疋田文五郎が、

「もしや……？」

と、師の顔色をうかがったのは……十七年前の天文十五年の晩秋、赤城山の修行場に伊勢守を襲った三人の剣士のうち、最後にあらわれ、伊勢守の二指をもって左眼を突き刺された男のことであった。

　あのとき「十河……」とのみ、男の姓をきいてはいたが、京へ来て見て、彼の評判をきくにおよび、

「やはりあのときの……」

　と、伊勢守も文五郎も思い至った。

　十河九郎兵衛の左眼がつぶれていることも、その評判のうちにふくまれていたからである。

　十河家の本家ともいうべき三好長慶は、管領・細川晴元の執事から成り上り、ついに足利十三代将軍・義輝を追放するほどの権謀をふるい、幕府の実権者として京の都を支配するまでになった武将である。十河一族がこれを助けて活躍したのも当然で、十河九郎兵衛も畿内における騒乱のたびに血しぶきをあびてきているる筈だ。

「辞退せよ」

　伊勢守は、ただちに九郎兵衛の試合申入れをことわった。

「それがしの名をきいて辞退せらるる筈はなし、とのことにござる」

　と、使者は執拗に足をはこび、九郎兵衛のことばをつたえる。

　伊勢守は動じない。ことわりつづけるだけなので、疋田文五郎も、

「この上、御辞退なされましては、御名にもかかわりましょう」

といったが、

「いらぬことよ」

師は、うけつけようともせぬ。

大和国・柳生の庄を領する柳生但馬守宗厳から使者が来て、

「ぜひとも柳生へ御立寄り願いたし」

と丁重をきわめた招待があったのは、このころであった。

柳生宗厳の人柄を、伊勢守は北畠具教からつたえきいている。

「柳生へまいってみよう」

ただちに腰をあげ、京を発して奈良へ向った。

三

京から奈良へ至る道すじにも、柳生の家来たちが出張ってい、伊勢守一行のもてなしに心をくばった。

奈良では宝蔵院が宿舎にあてられた。

この寺の胤栄法師は鎌槍の名手であり、宝蔵院の槍といえば武芸者の知らぬものはない。

柳生家と宝蔵院との関係はふかく、柳生但馬守宗厳が先ず伊勢守をこの寺へ迎え、みずからあいさつにまかり出たのは、あくまでも、まだ見知らぬ伊勢守への心服があらわれたものであろう。

こうした柳生宗厳の誠心は、すぐさま伊勢守のこころへつたわらずにはいない。

「一手の御教えを……」

と願い出た宗厳に、伊勢守はこころよくうなずき、

「では、疋田文五郎が御相手をつかまつる」

と、いった。

見ようによっては、自分の弟子でたくさんだといっているようにもとれたが、宗厳は、つつしんでこれを受ける。

柳生宗厳は、若きころより戦陣にはたらき、諸流の刀槍の術をきわめ、なかにも新当流をまなんで五畿内随一の兵法者とよばれていた。

ところが……。

立合ってみると、文五郎を打ちこめない。

文五郎に勝てぬということは、当然、伊勢守に勝てぬことになるのだが、柳生宗厳には勝負をいどむつもりはなく、あくまでも謙虚に教えを請う熱情にあふれてい、文五郎に負けたことによって、伊勢守への憧憬はふかまるばかりとなった。

一夜明けて……。

「それがし、御相手をつかまつろう」

上泉伊勢守は独自の竹刀をとって宝蔵院の講堂へ、柳生宗厳をまねいた。

宗厳の歓喜、感動はいうをまたぬ。

初冬の朝の陽が、窓の外に白く光っている。

講堂には、胤栄法師、疋田、神後の三名のみが両者の立合いを凝視しているのみだ。

ときに、柳生宗厳は三十七歳。

上泉伊勢守五十六歳である。

立つや……。

伊勢守は、右手の竹刀を下段につけ、これを中段に上げつつ左手をそえて双手太刀となり、するすると間合いをつめながら、さらに上段のかまえとなる。

あっ……という間もなく、間合いをつめられて柳生宗厳が居たたまれずに、

「曳!!」

引きこまれるかのように打ちこんだ。

いや、打ちこまんとした瞬間……。

「む!!」

ぴしりと、伊勢守の竹刀の太刀先三寸が、柳生宗厳の木太刀の柄をにぎる両拳を打ちすえていたのである。

「おそれいりました」

「いま一度……」

めずらしくも、伊勢守からうながした。

「はっ……」

次も……。

間合いをつめ合い、打ちこんだ宗厳の木太刀が相手へふれる機先に、早くも伊勢守の竹刀は宗厳のひたいすれすれに勝ちつめていい、

「むう……」

柳生宗厳は全身を冷汗にぬらすばかりであった。

次の日の三度目の立合いも同様の負けである。

そして、上泉伊勢守一行は奈良をはなれ、東方四里の柳生の里へおもむき、柳生屋敷へ滞在することになった。

宗厳の父・柳生美作守家厳（みまさかのかみいえよし）も六十をこえて健在であり、柳生家をあげてのもてなしには、伊勢守も強くこころをうたれたものらしい。

伊勢守一行が奈良へ到着したとき、柳生家から早速にとどけられた進物は、

〔馬一頭、平樽酒（六升入り）二、塩鯛五、昆布五把、赤飯一荷〕

であったそうな。

伊勢守は居ごこちよく、柳生の里で永禄七年の正月を迎えた。

二月中旬となって……。

上州からの思いもかけぬ悲報が、伊勢守へとどいた。

瀬田の白雨

一

その知らせは、伊勢守の嫡子・上泉常陸介秀胤の戦死を報じてよこしたものである。

「おもうままにせよ」

と父・伊勢守から大胡城主の地位をゆずりわたされた秀胤は、北条氏康の麾下へ馳せ参じた。

彼もまた、国峰城主・小幡信貞とおなじように、

「上杉よりも北条、武田の旗のもとに入って生くるが正しい」

と、断じたものであろうか。

この年の正月、北条氏康にしたがい、上泉秀胤は下総に出陣して、里見義弘の軍勢と戦った。

そして、二十三日の高野台（現国府台）の戦闘において討死をとげ、秀胤は三十五歳の生涯を終えたのである。

柳生家で、このことを知ったのは半歳を経て後のことだ。伊勢守信綱は、上州からこの知らせをもって来た旧臣・田島勘蔵にも、疋田、神後の両高弟にも、

「洩らすな」

と命じ、

「いささか所用の出来いたし、上州へ立ちもどらねばならなくなりました」

柳生父子へは例のごとく、にこやかな、しずやかな態度を変えることなく、別れをつげた。

このときに際し、上泉伊勢守は、疋田文五郎、神後宗治の両名に向い、

「そこもとたちへは、このわしのすべてをつたえつくした。この後は、そこもとたちみずからの発意によって、みずからの剣法をおこし、独自の道をあゆむがよい」

といいさとし、同道をせがむ二人をあくまでも突きはなし、田島勘蔵と共に上州へ帰って行った。

大胡へ帰った伊勢守は、常陸介秀胤の遺体を、上泉城の曲輪内にある西林寺へ

埋葬した。

旧臣たちは、伊勢守が大胡城主に復帰してくれるのをねがってやまなかったが、

「いまのわしは、もはや戦国の将としてのちからを失っておる」

伊勢守は承知せず、十九歳の若者に成長している、あの千丸へ、

「以後は、主水憲元(もんどのりもと)と名のれ」

と、いった。

大胡にも上泉にも、春の強風が吹きまくっていた。

「主水は、どこまでも戦国の士として生くるつもりか?」

この伊勢守の問いに、主水憲元は、

「はい」

きっぱりとこたえた。

「よし。父御・小幡図書之介殿の名をけがすまいぞ」

伊勢守は自分と亡き於富との間に生れたこの若武者が、亡母そのままの気性をうけついでいることをあらためて知った。

主水は、あくまでも小幡図書之介の子だとおもいこんでいるし、これはまた上

泉家の家臣たちも同様なのである。伊勢守は、紅梅白梅の咲きにおう上泉の居館に数日をすごしていたが、或朝、主水憲元が大胡からあいさつに出向くと、

「大殿（おおとの）が、いつの間にやら旅立たれまいた」

田島勘蔵が狼狽（ろうばい）してつげた。

伊勢守の居室の机上に、憲元へあてた手紙が置きのこされてあった。

伊勢守信綱は、こういっている。

「……人は天地の塵（ちり）ぞ。塵なればこそのいのちを思いきわめ、塵なればこその重さを知れ。塵となりつくして天地に呼吸せよ。……ふたたび、出会うこともあるまじ。さらば、さらば……」

三十六年後の慶長五年……。

あの関ヶ原合戦がおこった折に、波瀾（はらん）の世を生きぬいた上泉主水憲元は、上杉景勝にしたがい、関ヶ原の前哨戦ともいうべき奥州にあらわれ、長谷堂（はせどう）の戦闘に討死をとげている。

諸軍記は、かれ憲元を伊勢守の弟としるしているようである。

ところで……。

伊勢守は翌永禄八年の晩春になると、ふたたび飄然（ひょうぜん）として柳生の庄へあらわ

れた。

柳生家のよろこびはいうをまたない。

伊勢守が、柳生但馬守宗厳に、新陰流の印可状をあたえたのはこのときであった。

これは柳生宗厳に対し、

「わが剣法の奥儀を、あなたにさずけましたぞ」

と、伊勢守がみずから証したことになる。

柳生のよろこびはいうまでもなかったが、初めて会ってからわずかに二年、表むきの交誼も浅いと見てよい柳生宗厳を、

（かれこそ、わが剣をつぐものである）

と見きわめた伊勢守の目を通じて、宗厳の人格も、およそ知れようというものだ。

この大和国・添上郡・柳生谷の地を領し、戦乱絶え間もない時代を、さまざまに主を変え、鎌倉の時代よりれんめんとして領地と家名をまもりつづけてきている柳生家が恐るべき時代の波にもまれつくされつつ、尚も一門の結束と、これをひきいる当主の醇乎たる本質が失われずにいることに、伊勢守は感動をした。

この年の初夏。

室町将軍（十三代）足利義輝が、京の居館で害せられた。

剛毅なこの将軍が自分たちの傀儡にならぬため、三好義継と松永久秀が共謀して夜討ちをかけたのである。

義継は三好長慶の養子であり、松永久秀は三好家の家臣であったものが次第に成り上り、いまや主家をしのぐ勢力をそなえるにいたった戦国大名であった。

塚原卜伝の愛弟子でもあった将軍・義輝は数本の長剣をぬきおいて、取りかえ取りかえ斬ってまわり、一時は賊兵どもも恐れて近よりかねたという。

将軍を討ちとめたのは、松永の家来で池田丹後という者だそうであるが、将軍をまもって闘う侍臣たちを一手にひきうけ、十数名を斬殪し、刺殺した三好の手の者がいる。

「十河九郎兵衛にちがいない」

との風評もっぱらである。

四国の十河家と三好家の関係は周知のことだし、九郎兵衛は、その十河一族なのであるから、この夜討ちに彼が、あの豪剣をふるったとしても、ふしぎではあるまい。

ともあれ、日本の首都において、このような集団暴力が横行する世の中なのだ。

ときに柳生家は松永久秀に臣従していたが、この夜討ちには、むろん参加をしてはいない。

秋になって、上泉伊勢守が京へ出て相国寺に滞在しはじめると、

「ぜひにも試合（てあわせ）を……」

十河九郎兵衛高種からの申しこみが、またも執拗（しつよう）にくり返された。

二

十河九郎兵衛を相手にせぬ伊勢守信綱であったが、丸目蔵人（まるめくらんど）、松田織部之助、那珂（なか）弥左衛門など、諸方の剣士たちの中でも都に名のきこえた人物が伊勢守門人となって私淑（ししゅく）した。

翌年の春になり、伊勢守は三たび、柳生の里をおとずれた。

これは、去年、柳生を去るにあたり柳生宗厳に一つの宿題をあたえておいたからである。

それは、

「自分は多年にわたり、相手の太刀をうばい取り、これを制する無刀取(むとうど)りの道を工夫錬磨してまいったが……なれど、信綱が体得のみならず、この無刀取りの術、その組太刀までは、いまだに開明いたさなんだ。これは、そこもとにぜひ、工夫発意をねがいたい」

と、いうものであった。

一年を経たいま、師を迎えた柳生宗厳は、

「いささかながら、工夫もつきましたれば……」

このごろの伊勢守につきしたがっている門人の鈴木意伯(いはく)を相手に無手をもって術技を見せることになった。

鈴木意伯は五十をこえた老年ながら、いつ、どこからともなく伊勢守の身辺にかしずいている門人である。

先ず、無刀の術。

するどく打ってかかる意伯の木太刀の柄(つか)は、たちまちに柳生宗厳の手につかまれ、

「曳(えい)!!」

裂帛(れっぱく)の気合と共に、その木太刀は空を切って舞い飛んだ。

次は手刀(しゅとう)の術。

これは手刀(てがたな)をもって相手の腕と太刀を押え、太刀をうばいとる。

さらに、無手(むしゅ)の術。

これは、相手を組みふせてしまうわけだ。

この三つの型を見終えたとき、伊勢守信綱は、

「よき哉(かな)、よき哉」

満面に歓喜の色をうかべ、手をうってほめそやしたそうな。

この日。伊勢守は兵法・新陰流第二世の正統を承(う)けつがしめると共に、自筆の新陰流・秘書、目録四巻をもゆずりわたした。

感涙にむせぶ柳生宗厳へ、伊勢守はこういった。

「暗雲たちこむる世なれども、わが剣法は、わがいのちでおざる。人のいのちはいかなる世においても必ず次の世にうけつがれゆくべきもの。信綱、わがいのちをそこもとへゆずりわたし、いまは、こころにのこる何ものもなし」

この夏、伊勢守は老弟・鈴木意伯をつれて柳生を発し、いずこともなく旅立って行った。

このときより、二ヵ年ほどは伊勢守の足どりが不明である。おそらくは諸国をおもうままに歴遊していたものであろう。

永禄十二年正月になって……。

六十二歳になった上泉伊勢守が、京へもどって来た。

伊勢守の名望はもはやゆるぎないものとなり、新陰の剣法は、

「日本第一流」

と、天下のみとめるところとなった。

足利十五代将軍・義昭の兵法指南をつとめ、権大納言・山科言継の知遇を得るようになったのも、このころであろう。

山科言継は、当時の皇室財政を一手にきりまわしていたほどの人物だし、当代きっての文化人でもあった。

〔言継卿記〕とよばれる山科大納言の日記には、上泉伊勢守との交流が、きわめてふかく、伊勢守が頻繁に山科邸を訪問するありさまが記されている。

その日記によれば……。

伊勢守は、この大納言と酒もくみかわすし、将棋、双六などもたしなみ、伊勢守が兵法、剣技を見せれば、山科卿が二種の薬をあたえ、この処方を教えたりし

ている。

二種の薬は、腹痛、吐瀉、脚気、打身、切傷の妙薬で、旅行者には貴重なものであったらしい。

元亀元年の夏になると、伊勢守は正親町天皇に、兵法をごらんにいれ、この後、従四位下、武蔵守に叙任された。

いまや伊勢守は、天下の名士であった。

山科大納言は、しきりに、

「新邸をかまえられては？」

と、すすめたが、なぜか伊勢守は承知をせず、相国寺にとどまりつづけている。

圧倒的な新陰流の隆盛ぶりと伊勢守の人気に反撥をする人びとも出て、

「竹の刀をふりまわして、公卿どもに取り入り、官位まで得んとするは、武人の風上にもおけぬまやかし者じゃ」

と、叫びたてるものもいる。

伊勢守が、これらの声を相手にしなかったのはむろんのことだが、元亀二年七月はじめの或日、

「奈良をたずねたので、立ちより申した」

ふらりと、伊勢守が鈴木意伯をともない、柳生の里へあらわれた。

しばらく滞在をして京へもどって行ったが、この別れに際し、めずらしく伊勢守が顔に血をのぼらせ、柳生宗厳の両手をにぎりしめ、かるく、何度もうちふって、これをはなしがたい風情を見せたという。

笠置まで伊勢守を見送った柳生宗厳は、従者をかえり見て、

「師は、ふたたび、柳生に御足をおはこびなさることはあるまじ」

と、いった。

京へもどるや、伊勢守は山科言継をたずね、

「所用ありて故郷へもどることになりました」

とのみ告げ、鈴木意伯をも京に残して、旅立って行った。

三

京を発した伊勢守信綱は、琵琶湖の南岸を大津、膳所(ぜぜ)とすぎ、ゆるゆると歩をはこびつつ、鳥居川の村をぬけ、瀬田の橋にかかった。

冬ならば夕闇も濃くなりかかる時刻（ころ）だが、空は残照ともおもえぬ晩夏のあかるさで、ただ生ぬるい風が疾（はし）り、雲がしきりにうごいている。

　このときの瀬田橋は長さ約百五十間（二百七十メートル余）。瀬田の唐橋（からはし）とよばれるこの橋は往古から数々の戦乱に焼きはらわれ、洪水に押しながされつつ、絶えず修理され、かけ直されてきた。都と近江国を通し、文明の〔かけ橋〕とうたわれたほどの名橋である。

　伊勢守が、この橋へかかったとき、頭上にうす雲がおおい、沛然（はいぜん）と雨がたたいてきた。

　橋上を、あわただしく走りすぎる旅人たちの中を、塗笠をかぶった伊勢守が歩調も変えずにすすむ。

と……。

　瀬田橋の中ほどの欄干（らんかん）にもたれていた大兵（たいひょう）の武士が屹（きっ）と向き直り、

「久しゅうおざった」

　伊勢守へ声を投げた。

　武士の左眼はつぶれている。

　立ちどまり、笠のうちから相手を見て、

（十河九郎兵衛か）

伊勢守も、ただちに感得をした。

天文十五年の晩秋。赤城山の修行場で九郎兵衛の挑戦をうけてより二十五年を経ていた。

五十をこえて尚、十河九郎兵衛は、かつて伊勢守が「金剛神(こんごうじん)の彫像を見るような……」と評した巌のごとき風貌を失ってはいない。

「試合(てあわせ)を……」

といい、九郎兵衛が長槍をかまえたとき、両者の間合いは約五間であった。

いつの間にか……九郎兵衛と自分の背後から、ひたひたと橋上へ押しつめて来た人数は二十一名。十河一門の武士たちにちがいない。

「試合を!!」

じわじわと間合いをせばめつつ、ふたたび、九郎兵衛が叫ぶようにいった。

「無益(むやく)」

伊勢守が、こたえる。

「試合を!!」

「無益」

間合いは三間にせまった。

ここで十河九郎兵衛は静止した。

白雨がしぶく橋上に凝固(ぎょうこ)たる時がながれた。

そして、無言のまま九郎兵衛の長槍が伊勢守の胸板めがけてくり出された。

事もなげに、その槍のけら首をつかんだ伊勢守が、するするとつけ入らんとするとき、

「たあっ!!」

十河九郎兵衛はみずから槍の柄をはなし、腰間(ようかん)の大刀ぬく手も見せぬ電光の一撃……。

ばさっ……と、伊勢守の塗笠のふちが切り割られた。

白雨の中に、切って放した矢のごとく二人が飛びちがい、さらに向き合ったとき、

「むう……」

ひくい呻(うめ)きが、九郎兵衛の唇(くち)から洩れた。

伊勢守は、右手に白刃をひっさげたまま、塗笠の切目(きれめ)から、しずやかに九郎兵衛を見つめている。

九郎兵衛の唇から血の泡がふきこぼれた。

九郎兵衛の巨体が、重い板戸でも押し倒したように橋板へ転倒した。

「おのれ!!」

「逃(の)がすな!!」

おめき声をあげつつ、橋の両側から十河一門二十一名が伊勢守へ殺到したのは、このときであった。

橋上を、十河一門の士が白刃を閃(ひら)めかせ、気合声を発しつつ烈(はげ)しく飛び交(か)い、駈けまわっている。

笠もとらぬまま、伊勢守信綱の老体は、そのすさまじい剣の輪の中で、絶えず一定の間合いをたもちつつ、ゆったりと揺れていた。

その、ひとゆれごとに、十河一門の絶叫があがった。

血飛沫(ちしぶき)が雨の幕に溶けていった。

雨があがり、夕焼けの光りが瀬田橋へ落ちかかったとき、すでに伊勢守のすがたは橋上にない。

橋上に散乱してうごめく二十一名の士は、それぞれに腕、足を切り飛ばされ、血のにおいに噎(む)せ返っていたけれども、即死した十河九郎兵衛のほかは、後に落、命したものが一人もなかったという。

このときより、上泉伊勢守信綱の消息を、世のひとびとはきかなかった。

幕末随一の剣客・男谷精一郎

曾祖母の話

筆者の曾祖母にあたるひとは、摂津尼ヶ崎四万石、松平家の腰元をしていたそうである。

(殿さまのお袴たたみ)というのが曾祖母の役であったらしいが、慶応四年五月十五日の上野戦争のとき、曾祖母は、はじめて侍同士の斬り合いを見たと、幼い筆者に話してくれたことがある。

当日は、小石川の松平屋敷でも、上野が近いだけに、女子供はいち早く避難をさせ、少数の藩士が屋敷につめていただけだったそうだが、曾祖母は逃げもせず、仲がよかった某藩士の細君と語り合いながら、その藩士が住む長屋の一室で、不安なときをすごしていたという。

上野の戦争は十五日の早朝からはじまり約二刻(四時間)ほどで終ったが、その日の昼下りに、山から逃げてきた彰義隊の一人が、いつのまにか屋敷内のどこかへ入り込み、潜んでいるところを、官軍の部将が一人、これを追って来て発見し、庭の隅の石の井戸を間にはさんで刀を向け合い睨み合った。

曾祖母は、これを長屋の障子のかげからのぞいていたのだが……。「もうあんまり永い間、雨の中で飽(あ)きもせずにらみ合っていやがるので、こっちもしびれを切らしちまってね、ちょうど御飯がたけたので、これでおにぎりをこしらえ、その奥さんと二人で食べて、またのぞいてみたら、まだにらみ合ってやがる」と、当時八十に近かった曾祖母は、筆者に、

「まず四、五時間はそうしていたっけが、御家中の侍方も見ているばかりで放っときっぱなしさ」

松平家のものも、どっちへ味方するわけにもいかない。官軍に手を出すことも出来ないし、そうかといって、昨日まで同じ徳川の釜の飯を喰ってきた彰義隊のものをやっつけることも忍(しの)びないといったところだ。「とにかくな、だらしのないもんでね。私ア、これなら職人衆(しょくにんしゅ)の喧嘩(けんか)のほうがよっぽど見ごたえがあると思った。斬りつけて行くだけの気力もなきゃア、逃げようという力も出ない。刀を向け合ったまま、ハアハア、ハアハア息をきらして睨み合って、そのうちに、二人ともへたばっちまやがって、そろりそろりと刀をひいたかと思うと、這(は)いつくばうように、右と左へ、二人とも逃げ出しちまったのさ。侍というものも、御一新（明治維新）のころは、刀の使いようも人の斬りようも、あんまり上手じゃ

なくなってしまっていたのだねえ」と、これは曾祖母の主観だ。

もちろん、幕末の剣客の中には有名でしかも実力もあった人びとが何人もいる。しかし、剣法そのもののあり方が実戦的でなくなってしまったのは、三百年近くも天下太平の世の中がつづいてきたのだから仕方はあるまい。型のあざやかな、ハッタリのきいた、まるで芝居の殺陣のような剣法が大モテであったらしい。

剣の道も、学問の道も、すべて、これ立身出世と栄誉喝采のためのものとなり終った。

竹刀をもって道場で叩き合うときは、死ぬ心配がないのだから、軽業のような剣法を発揮して「うまい、うまい」とほめられるやつも、いざ真剣を抜き合って見ると、手も足も硬直してしまい、三間もはなれている相手が、一尺の近さにいるように思え、呼吸をつめ、脂汗をたらして、四時間も睨み合ったあげくに、互いに剣をひいて逃げ別れになるというわけだ。

当時、伊庭の麒麟児とよばれて剣名高かった幕臣の伊庭八郎なども、押しよせる官軍を箱根に迎え撃ったとき、湯本の谷間で小田原と長州の連合部隊と乱戦になったが、長州兵のがむしゃらな打ち込みを受けそこね、肩を斬られて左腕を不能にするという重傷を負ってしまった。

これは八郎が弱いからというのではなく、実戦というものの実態をいうのである。

のちには伊庭八郎も実戦に馴れたらしく、北海道の五稜郭にたてこもる幕軍に加わったときは、右手ひとつで大いに斬りまくったという。

男谷精一郎の剣

幕末の名剣士といわれる人びと——すなわち、千葉周作・桃井春蔵・斎藤弥九郎・島田虎之助・大石進などのうち、ぬきん出て名剣士といわれる人は、やはり男谷精一郎であろう。

精一郎の名は信友。幕臣の男谷信連の子に生れたが、十九歳のころ同族の男谷彦四郎の養子となり小十人組の家をついだ。

この養父彦四郎の弟が勝小吉といって、小吉の子が、かの有名な勝海舟である。海舟にとって、男谷信友は、だから従兄に当るというわけだ。ときに、世上はただならぬものになってきた。

外からは外国船が渡来して開港を迫り、内からは尊王攘夷の声がもり上ってくるというわけで、徳川三百年の覇権も、ぐらぐらにゆれ出してくる。

ともかくも、武士たるものは剣の道に磨きをかけ、いざというときの備えをしておこうという気配濃厚となった。

消えかかる蠟燭の火が、一度勢いよく燃え上がるように、短かい期間ではあったが、剣道も、江戸を中心として日本諸国にわたり、かなりの復興を見せたのである。

男谷信友というひとは、幼少から武芸をこのみ、弓術は吉田流、槍は宝蔵院、剣は直心影流の団野真帆斎に学び、若いころは諸国を歩きまわって、かなり乱暴に腕をみがいたようだが、師の道場を引受けるようになってからは、まるで人間が違ってきていた。

時世の緊迫にともない、幕府が設立した講武所の頭取に就任したのも、男谷の剣ばかりか高邁なる学識と人格が幕府高官の人びとにみとめられたからだろう。

これより信友は下総守に任官し、御旗奉行をつとめるまでに立身し、のちには西ノ丸御留守役三千石の大身にまでなった。

門人多数。それもみな立派なもので、講武所の教授方になったものもいるし、諸大名の師範役となった弟子も多数にのぼる。

男谷信友は、色の白い、ちょっと小肥(こぶと)りな体つきで、いかにも柔和な顔だちをしていたという。

声を荒らげたこともなく怒気を発したことを見たこともない。

酒は好きだが、これに溺れることなく、毎朝、手ずから居間を清掃し、弓をひき、雨ふれば読書して、しずかに朝飯を待つこと一年を通じて少しも変ることがなかった。

つねづね、男谷はこう言っていたという。

「武道や学問の道には、流儀などなくてもよいのだ。剣は剣術。槍は槍術。これでよい」

当時は剣道だけでも五百流もの流派があり、これがそれぞれにおのが流派を誇示し、大小さまざまの派閥をつくって互いに他流の悪口を言い合うという有様だった。

この中にあって、超然と一世を風靡(ふうび)したのが男谷信友の直心影流である。

それは、あくまでも男谷信友という人格の立派さによってであったといえよう。

かの千葉周作なども、一度、男谷に試合をいどんでみて、

「とても、おれなどが及ぶところではない」と嘆息した。

それは、周作が、まだ後ほど有名にならなかったころのことだが、道場に向い合った二人は、ちりちりと竹刀を合わせたかと思う間に、

「えい!!」

周作が、たちまちに、二本とった。三本勝負だから、

(勝ったぞ。男谷精一郎とは、これ位の腕だったのか)と、いささか鼻をうごめかして竹刀をひくと、信友が、

「お強い」と、ほめる。

「いや何」

「もう一本如何?」

「よろしゅうござる」

今度は打ち込めない。

三尺八寸の竹刀を構えて、あくまでもしずかに道場のまん中に立っている男谷信友というものは、いま周作が二本もとった人物と同じ人物とは思えなかった。

「やあ――やあ……」

脂汗に全身をぬらしつつ、周作が、じりじりと右へまわると、おどろくべし、信友は正面に構えたまま身じろぎもしないのである。

「やあ……」

内心ぎょっとしながらも、周作は注意ぶかく男谷の構えに眼をつけながら後ろへとまわった。

全然、動かない。

つまり、敵にうしろを見せたまま、信友は、敵のいない空間に竹刀を向けたまままびくともしないのだ。

(これは……どういうつもりなのか……)

周作もびっくりした。しかし、こんな機会を剣士がのがしていい筈はない。相手がうしろから打ってくれと言わんばかりなのだ。けれども、何としても気味がわるい。周作は気合を発しつつ、二度ばかり信友のまわりをまわった。

そして、またも信友のうしろへ来た。そのときである。

気合もなく、疾風のように、振向いた信友の竹刀が、ぱあーんと周作の面を打っていたのだ。

「ま、まいりました」

もう、前にとった二本は、とらしてくれたのだということがハッキリわかった。

周作が、形をあらため、尚も今後の指導を願って辞去をしたあとで、門弟たちが、周作の剣法を笑った。これを見て、信友は、

「あれだけにつかうのは並大抵ではない。おぬしたちのとうてい及ぶところではないほど、あの男は鍛錬を重ねてきている」と、いましめた。

千葉周作が、のちに水戸侯から招かれ、次第に頭角をあらわすようになったのも、男谷の推挙があったからのようだ。

実戦の雄・近藤勇

こういうわけで、男谷信友は、弟子後進たちの教育に全力をつくした。剣がうまくなるというばかりではなく、剣を学ぶことによって立派な人間になる、それを目標にした。

中津の名剣士、島田虎之助も、男谷と試合して、門に入ることを乞うたが、信友は門弟としてではなく、別格扱いで島田と交際をし、いろいろと指導をした。

従弟の麟太郎（のちの海舟）を島田にあずけたのも、島田の人柄と剣を、高く買っていたからであろう。

他流試合に来るやつでも、面倒がらずに相手になってやったが、相手の人柄を一目で見ぬき（これはどうしようもない。教えてもわかるまい）と思う相手には、軽く三本のうち二本はとらせてやり、「お見事」と、ほめてやったりしていた。

弟子によって、それぞれの個性に合せた教え方をし、その個性をのばすようにした。剣の道には伸びなくとも他の方面に才能があれば、そっちの方の芽を引き出してやり、身をたてられるようにしてやった。

だいぶ男谷信友のことばかり書いてしまったが、もうあたえられた枚数もつきようとしている。

幕末の剣客の中にはいろいろなタイプがあっておもしろい。

斎藤弥九郎のように、経済の道に長じ、一癖も二癖もあるような人もいるし、謹厳無比な島田虎之助のようなのもいる。

しかし、ここに特記すべきは、かの新選組の剣士たちであろうか。隊長の近藤勇をはじめ、主だった隊士の土方歳三、永倉新八、沖田総司など、いずれも実戦派のバリバリである。

近藤は武州の農家の出だが、牛込の剣客、近藤周助の養子となって、はじめは小さな道場を切りもりしていた。荒稽古は有名だったが、ひろい江戸ではあまり問題にされず、道場へころがりこんだ乱暴者がとぐろを巻いて、一日中猛烈な稽古をやっていたという。この連中が、幕府の徴募に応じて京へのぼり〝新選組〟を結成して勤王浪人の弾圧をやったわけだ。だから斬り合いの数も、道場試合だけで有名になった剣士たちとはくらべものにならない。

近藤勇など、道場での稽古では、弟子の土方や沖田の素早い太刀さばきにぽんぽん打たれてしまうのだが、いざ真剣となると、まるで違っていた。

あの池田屋の斬り込みのときも、はじめは、三十何人も勤王の志士が集まっているところへ、六人ほどで斬り込んだのだが、そのときの近藤勇の働きぶりの凄まじさは大変なもので、

「ええい!!　おう!!」と、猛虎のような気合を発して斬りまくり、隊士たちの目をみはらせたという。

〝新選組〟の連中は、何々流の何々という肩書のついた剣士としての有名さはないけれども、幕末の世に、もっとも血なまぐさく、その実力を発揮した剣士たち

と言えよう。

しかし、剣と……人とその立派さ偉大さを兼ねそなえた剣士といえば、幕末では男谷信友ひとりと言ってよい。

故直木三十五氏は、古今の剣士を通じ、もっとも偉大なるそれは、上泉伊勢守(かみいずみいせのかみ)と男谷信友の二人のみであると断言しておられたようだ。

兎の印籠

一

潮の香と温泉の香がただよう熱海は、初冬の夕暮れでも風ひとつなく、あたたかい。

先月のはじめごろから熱海へ湯治に来ている友松八十郎は、その日も、夕飯前の散歩に、来宮大明神の境内までのぼって行った。

境内から海をながめ、ようやく晩年の落ちつきを得た現在の境遇のこころよさに、しみじみとひたるのが、八十郎の夕暮れどきの日課であった。

坂道を下り、糸川べりにある〝角兵衛の湯〟とよばれる宿の近くまで戻って来た八十郎は、宿の前の人だかりに気づいた。

（おや、何だろう？）

近寄って、商人らしい湯治客のうしろから人垣の中をのぞいて見た。

網と籠を放り出し、漁師の女房が癪をおこしているのを、旅の浪人者が抱きおこし介抱をしているところなのである。

「よし、よし、大事ない。いま薬を……待てよ、いいか……」

強いさしこみの苦痛に顔をゆがめてうなっている女房へ、やさしく声をかけながら、その浪人は腰の印籠(いんろう)をぬきとろうとしていた。

浪人は、八十郎より四つ五つ下の、五十そこそこの年齢に見えるが、洗いざらした紬(つむぎ)の着物に袴(はかま)をつけ、わりにさっぱりとした感じである。

顔は、旅の陽(ひ)にやけてたくましかった。

（わしも、つい七年ほど前までは、この浪人どのと同じような風体(ふうてい)して、旅の空をめぐり歩いていたものだが……）

いまの八十郎は、すっかり商人の、それも小田原城下の豪商・増屋伊野右衛門方の大番頭といった服装が身についてしまっている。

「さ、この薬はよう利(き)く。よいか、ほれ……」

浪人は、かなり大ぶりな印籠を前へ出して中の丸薬(がんやく)をさぐった。

（あ……）

微笑しつつ人垣から離れかけた友松八十郎の眼(め)に、その印籠が、ちらりと飛びこんできた。

八十郎は息を呑んだ。

人垣の間から、今度は眼だけをのぞかせ、わずか一間ほどの距離をへだてて、八十郎は、その印籠をはっきりとたしかめることができた。

（いかぬ、とうとう来た!!）

八十郎は、身を返し〝角兵衛の湯〟へ逃げこんだ。

浪人者の印籠には、一匹の白兎が蒔絵で描かれてあって、立派な細工の品であった。八十郎が、むかし何度も見たことがある印籠だし、見あやまる筈はなかったのである。

（来た!!　とうとう来た!!）

幸いまだ相手には気づかれてはいない。八十郎は、宿の二階の端にある自分の部屋へ駆け戻ると、あわてて身仕度にかかった。夜道をかけてでも、小田原まで逃げるつもりであった。

と——廊下に足音がした。女中が客を案内して来たらしい。

その女中をつかまえ、勘定と提灯をたのむつもりで廊下へ出た八十郎は、ぎょっとなった。

となりの客が、廊下から海を眺めていたのだ。

客は、いまの浪人者であった。

「おう。となりの客人か、ここは暖かいところだな。噂にたがわぬ」

「は……」

八十郎は、うつ向いて答え、部屋へ駆け戻り、障子をたてきってから、あぶら汗にぬれた手で脇差の柄をつかみ、わなわなとふるえていた。

(あの印籠を持っているからには、ま、間違いはない。小倉段右衛門のせがれ、甚之助だ!!)

二

友松八十郎は、もと信州松代藩、真田家の家来であったが、三十一年前の夏に、上役の小倉段右衛門を斬殺して逃亡した。

理由はつまらぬことであった。

当時二十三歳の八十郎と、四十四歳で妻子もある段右衛門は、城下外れ長国寺門前のいかがわしい料理屋の遊び女を争った。その女を段右衛門にとられ、八十郎は逆上し、深夜、柴町の段右衛門宅へ潜入して、声をかけた上で斬ったのである。

そのとき、十八歳になる段右衛門の息子の甚之助が夜の道を必死に自分を追っって来た声と足音が、今もなお、八十郎の耳に残っている。

それから三十余年。友松八十郎は、敵もちの恐怖を厭というほど旅の空に味わってきた。

いつ、どこで、自分を敵とねらう小倉甚之助の刃が襲いかかるか知れたものではない。八十郎は旅の垢と貧困にまみれ、必死に二十余年も諸国を逃げまわりつづけた。少年のころの甚之助のおもかげは、あまり会ったこともないのでよくおぼえてはいないが、向こうでは、八十郎の顔を忘れる筈はない。片ときも油断はならなかったのである。

こうして七年ほど前に、八十郎は小田原城下へ住みつき、城下の海産物問屋・増屋伊野右衛門と知り合い、今では別格の番頭というような地位についている。主人の信頼も大きかった。

これも、八十郎が真田家にいたころ〔勘定吟味方〕という役目についていて財務に明るく、書も達者であったからであろう。

むろん八十郎は、増屋主人に本名も前身を明かしてはいないが、肚のふとい主人は八十郎の誠実さと助言のたしかさを大きく買ってくれている。この秋になって、少し胃の具合いが悪くなると、すぐに熱海で湯治をしてくるよう、いま、あなたに寝こまれたらわしが困ります、とすすめてくれたのも増屋伊野右衛門なのである。

(わしも、ここらが落ちつき場所だ)

と、八十郎も心をきめ、仕事にもはげんできた。このごろでは敵持ちの身の上すら、しばしば忘れかけることとさえあるほどだし、来春には増屋の世話で、町家の寡婦を妻に迎えることにもなっている。

しかし、八十郎が晩年に得たこの幸福も、いま、みじんとなって砕けようとしているのだ。

あの印籠――白兎の印籠は、何でも三代将軍のころに名人とよばれた古満休意の作になるものだとかで、小倉段右衛門自慢の品だったのである。八十郎は毎日のように、段右衛門の腰にあったあの印籠を見てきている。この段右衛門形見の品を、息子の甚之助が腰にさげ、敵討ちの旅に出たことは言うまでもないであろう。

「お客人。旅は道づれと申す。いっしょに湯へ入らぬかな」

廊下から足音が近寄り、浪人の声がした。八十郎は答えない。

「お客人……お客人……」

浪人がくすりと笑ったようだ。そして何か呟やき、廊下を遠ざかって行った。

八十郎は、そっと廊下へ出た。あたりをうかがい浪人の部屋の障子をあけた。

部屋には袴が脱ぎすててあるだけで。刀も、あの印籠も見えない。

（やはり、湯へ入りに行ったのではない。わしのことを訊きに、宿の帳場へ行ったのであろう）

あわてて逃げようとし、八十郎は廊下へ出かけたが、そのとき、急に決心がついた。

（よし!! いっそ、ひと思いに、わしは、わしの、この苦しみの根を絶ち切ってやろう!!）

相手も若くはない。

（先手をうてばやれる!! よし、返り討ちだ）

相手に気づかれたらしい、となったからは、小田原へ逃がれても危険は去らないのだ。

八十郎は浪人の部屋へ入り、灯を消し、あぶら汗を全身にかきつつ、殺気にみちた双眸を闇の中に光らせ、浪人を……いや、小倉甚之助の戻るのを待った。

三

浪人者は、湯治客に交じって、へだてもなく世間話に興じつつ湯にあたたまり、ゆっくりと時をすごしてから、丸太造りの古びた浴舎で衣服をつけた。

刀も印籠も大切な品である上に名作なので、肌身を離したことはない。

大小の刀は亡父の形見である。

印籠もある人の形見である。

浪人の名は立岩半蔵といった。


半蔵は祖父の代からの浪人暮らしである。しかし、代々、剣士として生きてきた。いまも旅の先々で試合を重ねながら生きている。

半蔵の剣の腕を見込み、質素な彼の生活を支えるほどの金を出してくれる旗本もいるし、某藩の家老もいる。

半蔵は、仕官をすすめられてもことわってきた。（ひとり暮らしの浪人がよい。いまさらかた苦しい武家奉公なぞはまっぴらだわい）

四十八歳にもなって、浪人暮らしの呑気さが、すっかり身についてしまった立岩半蔵であった。（それにしても……）と、半蔵は帯をしめながら、先刻の隣室の町人のことを考えていた。

（大店の主人のように品もあり立派な老人であったが……おれが声をかけても返事ひとつせん。ありゃ、どういうわけだ。それに廊下で初めて顔を見合ったとき、あの老人の眼に浮んだ驚愕のいろ。あれは何だ？　可笑しいやつ……）

帯をしめ、白兎の印籠をさげた。

この印籠は六年前の秋に、甲州栗原の宿の〔源屋〕という旅籠で泊り合わせた旅の武士に形見としてもらったものである。

秋から冬にかけ、半蔵は、その旅籠にとどまり、旅の武士の病気を看病してやったのであった。旅の武士は半蔵と同じ年ごろだが、体は衰弱しきっていた。所持していた路用の金も乏しかった。その武士の身の上を聞き、半蔵は哀れに思い、三月の間も面倒を見てやったのだ。

息をひきとるとき、旅の武士、小倉甚之助は半蔵にいった。

「この、印籠は、亡父の、形見でござる。願わくば、この品を、永く身につけて、いただきたい。それのみが、貴公への、私がお礼ごころ……」

四

部屋の前まで戻って来た立岩半蔵は、

(や、灯が消えとる……) 部屋の中に殺気を感じた。が、構わずに半蔵は障子をするどく開けた。

「うおう!!」

けだもののような叫びをあげ、中から友松八十郎が脇差で突きかかって来た。

「何をする!!」

半蔵は八十郎の腕をつかみ、思いきり廊下の向う へ叩(たた)きつけた。もう、斬りも突きもできなかった。腕があまりにも違いすぎている。八十郎は抜いた脇差をつかんだまま、ころげ落ちるように階段を逃げ降りて行った。

階下で、女中たちの悲鳴があがった。

番頭や湯治客の叫び声もした。

立岩半蔵は、なぜ隣室の町家の老人が自分に斬ってかかったのかまったく判断がつかず、茫然(ぼうぜん)と廊下に立ちつくしたままであった。

まさか、腰にしている印籠が、その原因だとは思いも及ばぬ半蔵なのである。

友松八十郎は、そのまま小田原へ戻らなかった。

増屋伊野右衛門は行方不明になった八十郎のことを心配し、人を出して捜させもしたが、一年、二年たっても、八十郎を見出すことは出来なかった。

友松八十郎は、小倉甚之助？の襲撃におびえつつ、老いた体にむちうって、心細い旅をつづけにつづけていた。

賢君の苦渋

波瀾の出生

加藤明成（あきなり）が致仕退転（ちしたいてん）して後の会津へ、保科正之（ほしなまさゆき）が入封したのは寛永二十年七月である。

ときに正之は三十三歳であったが、以来、治政に意をそそぎ、会津藩の祖（そ）として領民と家臣たちに景仰（けいぎょう）されるに至ったのは周知のことだ。

加藤明成の治政が、種々の騒擾（そうじょう）をおこし、ことに収取の強化による領民の窮乏は、その極に達して、農民たちの逃散（ちょうさん）が領内に頻発（ひんぱつ）するというありさまであっただけに、新領主、保科正之の意欲的な政治がはじまるや、領民のよろこびは当然ながら、世上にも、

「たぐいまれなる名君（めいくん）」

との評判がたかまるばかりとなった。

このことにつき、正之自身が侍臣に、こう洩（も）らしている。

「前の政事が悪すぎたので、わしが当り前にしていることが層倍によく見えるのじゃ」

けだし、この一言は〔名君〕のものといってよいかと思う。

保科正之は、徳川二代将軍秀忠の第四子として、江戸に生まれた。

江戸といっても江戸城ではない。ということは、将軍の子ながら世をはばかって生まれ出たわけで、一時は、強引に流産させられようとしたほどなのだ。

正之の実母お静の方は、北条家の旧臣で神尾伊予栄加という者の娘だが、江戸城中へ上って奉公するうち、将軍秀忠の手がついて正之を身ごもった。

いや、正之の前に一度身ごもり、正之の言行を記した〔千載之松〕によれば、

「御胤懐胎などということ御台様（将軍夫人）にもれきこえ候ては、一家一門何様の曲事に逢い申すべくもはかりがたく、しかれば大切の事に候と、諸親類うち寄り相談いたし、もったいなくも水となしたてまつり……」

と、いうことになった。

秀忠夫人は於江といい、有名なお市の方の娘だから淀君の妹であり、織田信長の姪にあたる。

この妻に秀忠は生涯あたまが上らなかった。

於江の嫉妬ぶりはひと通りのものではない。まだ戦乱の絶えなかった時代に生まれ、母のお市の方も戦火の中に自殺しているし、於江も成長してから尾張大野

の城主・佐治与九郎と結婚をしたが、豊臣秀吉によってむりやり離婚させられ、その後は秀吉の養女として羽柴秀勝、九条左大臣道房と、合せて三度の結婚をしている。ところが、九条道房が死ぬと、豊臣秀吉は彼女を徳川家康の後つぎ秀忠へ押しつけてしまった。四婚目である。

いうまでもなく政略結婚の典型的なもので、このとき於江は二十三歳。秀忠は六つ下の十七歳であった。

二十三歳の女が、これだけのきびしい運命の中を泳ぎわたってきているのだから、その強さは只事ではない。年下の夫を押えこんでしまったのも、なるほどと思わせられる。

於江は秀忠との間に男二人、女五人を生んだ。千姫もその一人だし、三代将軍となった家光もそうである。秀忠もまた営々として於江ひとりを守り通してきたわけだが、はからずもお静の方を見るに至って触手がうごかざるを得ぬところとなった。

謹直な将軍・秀忠が、強妻とのトラブルを覚悟で、生涯に只一度の〔浮気〕をしたのであるから、保科正之の母は、すぐれて美しく、魅力に富んだ婦人であったのだろうし、いまにのこる正之の端正な肖像画を見ても、それが察しられる。

将軍夫人が、お静の方の懐妊を忌んだのは、むろん烈しい嫉妬からでもあろうが、

「もしも妾腹に男子が生まれたときは……」

将軍位をめぐっての紛争も予想されぬことはない。

事実、正之が生まれたころは、三代将軍をだれにするかということも決まっていなかったのであり、大坂城には豊臣秀頼を擁した豊臣の残存勢力が健在だったし、長年、戦乱の苦しみ悲しみをなめてきた於江としては、

（いささかの油断もならぬ）

と、思いきわめていたのであろう。

於江の場合、単なる女の嫉妬というだけで片づけてしまえぬ何物かがあるように感じられる。それは戦国の乱世を生きぬいてきた女の重味が、やはり匂いたってくるからだ。

けれども……。

お静の方が、正之を身ごもったときには、

「いかに、それぞれの身が大事なればとて、正しき天下の御子さまなるを二度までも水（人工的流産）になしたてまつりては天罰もおそろしき儀ではござらぬか」

と、いい出したものがある。お静の実弟・神尾才兵衛だ。

「たとえ御台様よりおとがめをこうむり、一家一門が幡物（はりつけ）になろうともぜひにおよばぬ。それがしは、ただもう、いかにもして育てあげたてまつりたい」

熱誠をこめ親類列座の中でいい放った。相談が流産へかたむいていたところへ、この発言があって、

「よし、わしも手伝うよ」

と、お静の姉婿にあたる竹村次俊が賛意をあらわしたので、ついに、親類一同も決意をし、お静に子を生ませることとなり、竹村次俊は奔走して神田白銀町にある四条某の屋敷を借りうけ、ここに、お静の方を引き取り、産前の静養をさせることになった。

神尾才兵衛と竹村次俊の発言がなかったら、保科正之の生命は闇から闇へほうむられ去ったであろう。

ここへ、さらに強力な味方があらわれた。

老中として将軍を補佐し、幕閣における権勢も強大な土井大炊頭利勝が、

「案ぜられるな。わしが引きうけた」

とひそかに応援をしてくれることになったのだ。

かくて、慶長十六年五月七日の夜の十時すぎに、お静の方は男子を生みおとした。

土井利勝が指示をあたえていたので、すぐさま竹村次俊が町奉行の米津勘兵衛へ知らせ、米津から土井老中へ報告がゆく。

「よろしい」

ひきうけた土井利勝が、翌朝、秀忠に目通りをしてすべてを告げ、

「御おぼえのござりましょうやに」

たしかめると、秀忠は苦笑しつつ、

「ある」

うなずき、その場で将軍は手ずから「御召料御紋の御小袖をくだされ候」ということになった。

これで将軍自身が「わが子である」との認知をしたわけであるから、さすがの於江夫人もこれをみとめぬわけにはゆかなかったが、後で将軍をずいぶんといじめたことであろう。

正之誕生については土井利勝が好意をよせ、種々とりはからったことが何より

も物をいったとみてよい。

ところで……。

土井利勝の家系は謎（なぞ）とされている。

利勝の父・利昌（としまさ）から家系がはじまっていて、利勝は少年のころから徳川家康の小姓としてつかえ、秀忠が生まれるやこれに属し、十九歳のときに千石の禄を食（は）むに至ったという、若いころの彼にはそれほどの簡略な履歴（りれき）しかつたわっていない。

また、彼は徳川家康の落し胤（だね）だともいわれている。

とにかく、二代将軍の補佐役として、

「大炊頭なくしては夜も日もあけぬ」

と、うたわれたほどの威望をもつに至った土井利勝であるだけに、その出生の秘密には興味をそそられる。

もしも、家康の子であったとしたら、利勝もまたいうにいわれぬ〔暗黒〕を切りぬけて世に生まれ出たにちがいない。それでなくては出生を秘密にしておくわけがない。

もしも、彼が家康の子なら……。

そのことをもう一度考えるとき、土井利勝が保科正之の誕生に力強い応援を送ったことが何となく、うなずけるような気がするではないか。

正之は利勝の庇護をうけて生まれ、そして成長していった。

そして正之は、武田信玄の女で穴山梅雪夫人となった見性院の養子となり、やがて信濃・高遠二万五千石の城主・保科正光の養子になる。

ときに元和三年で、正之は七歳になったばかりだが、これまで見性院の熱心な扶育によって受けた影響は大きかったらしい。

後年、正之は、

「見性院さまなくして、今日の自分はありえない」

と、いっている。

すでに豊臣家はほろびて、天下は名実ともに徳川幕府の統轄するところとなり、戦時体制（武断）政治は少しずつ法制（文治）政治への歩みをすすめはじめる。

寛永八年。二十一歳になった正之は、養父・正光の死去の後をおそい、高遠三万石の領主となった。

実父の秀忠はすでに将軍位を家光にゆずりわたしていたが、

「将来は、将軍のよき補佐役となるように」

との意向を、すでに明確にしていたようだ。

秀忠は、正之が保科家の当主となった翌年に歿した。

会津藩主

高遠藩主となって五年目に、保科正之は出羽山形へ国替えを命ぜられたが、このとき十七万石の加増をうけ、計二十万石の太守となった。

幕府が正之をして東北地方の押えになそうとする意向が看取される。

山形は、もと鳥居忠恒が領主でいたところだが、忠恒には子がなかったためお家断絶となり、そのかわりに忠恒の弟の鳥居忠春をもって高遠三万石の主たらしめたのである。

こうして、二十六歳になった正之は、はじめて風俗人情も全く異なる他国へうつり、しかも七倍ほどの大世帯となった保科家の当主として新しい領国の経営にあたることになった。

大名の国替というものは大変な苦労をともなうもので、正之は、自分が新しく計画した検地に反対する白岩郷の農民一揆を弾圧し、三十余人を磔にするという断固とした処置もおこなっている。

しかも、この白岩郷は幕府の領地であった。

それなのに、幕府へは無断で、この処刑を断行したのだが、将軍のとがめもうけなかった。温厚な正之にしてはめずらしいことだが、

「やむを得ぬ」

という決意と、

「公儀へはかる必要なし」

という自信とが、正之をして断行せしめたものであろう。

幕府に対する正之の位置というものが、これほどの大きさをそなえるに至ったことを見るべきである。

さらに……。

この翌年になると、正之は養父・保科正光の実弟・正貞へ、保科家累代の宝物その他をゆずりわたし、信州の保科氏とは別に独立することになった。

こうしたことは、すでに正之が養子に入るころから段取りがついていたものであろう。

保科正貞は、大坂戦役のころにも武勇のほまれの高かった人物で、当時は大番頭をつとめて三千石、のちに一万七千石の大名に昇格している。

正之の保科家は三代目の正容(まさかた)の時代になって松平姓がゆるされ、以後は会津藩主・松平肥後守(ひごのかみ)となり、徳川幕府枢要の大名として存続し、明治時代に至るわけだ。

間もなく、三代将軍・家光から、

「幕府政治に参加して、躬(み)を補(たす)けるように――」

と、正式に命が下った。

初代将軍家康の孫にあたる保科正之であり、現将軍の異母弟という背景をもち、記録にはあまり残っていないけれども、最上へ移ってからの正之の政治家としての実力が大きく買われたことも事実であろう。

こんな話がある。

正之が山形へ移封される直前に、島原の乱が起った。

いうまでもなくキリシタンの蜂起(ほうき)であって、徳川の天下となって以来、はじめての内乱がおこったわけだ。

このとき、保科家のものは、

「殿は将軍家御名代として御出陣なさるであろう」

勇躍して下命を待ちうけていると、意外にも東北への国替えを命ぜられたものだから、一同、大いに落胆をし、

「殿も、さぞかし御不満であろう」

などとうわさし合ったが、正之は、

「西国に事あるときは、東国、奥州（東北）を事なからしめねばならぬ。余を最上へうつさしむるも、奥州筋押さえのためとのおぼしめしであるから、まことに名誉なことだ」

と、いった。

こうした正之の態度は、幕府や将軍に好感と信頼をあたえずにはおかなかったろう。

キリシタンといえば、こんな挿話も残されている。

武田の浪人で梶原某という兄弟がいて、これが貧窮のあまり、重病の親にあたえる薬を買うこともできなくなった。

「これでは父母の孝養がとどかず、子をして忍び得ないではないか」

兄弟は相談し、決意し、ついに、兄のほうがキリシタン宗の者となったことに

して、弟がこれを訴え出たものである。

禁制きびしいキリシタン信者を訴人すれば、公儀からほうびの金が出る。その金で父母の医薬をととのえようという苦肉の策だ。むろん、キリシタン信者ともなれば時が時だけに死罪を覚悟せねばならぬ。

　ところが、奉行所でくわしくしらべて見ると、キリシタン信者でも何でもないことがわかり、

「けしからぬやつ!!」

　と、いうことになった。

　正之はこれをきいて、

「奇特なことではないか。兄弟、死を決して親のいのちを救い、わが家を守るというは、いのちをかけて国事にはたらくも同様のことである。なんとなれば、世には親子兄弟がいとなむ家庭があり、この家々の集積が国となり、国のちからとなるからじゃ」

　と、傍の小姓某をかえり見て、

「人の子が母の腹より出ずる仕組みがなくならぬ以上、いま申したことがなくなってはならぬのじゃ、ようおぼえておけよ」

にっこりと笑いかけて、そういったという。

この浪人兄弟の父は病癒えてのち、正之に召し抱えられたそうである。正之が最上から会津・若松へ転封したのは寛永二十年七月であった。このときも加増されて、計二十三万石となっている。

会津藩主となってからの正之の治政については、くだくだしくのべるまでもあるまい。

戦火絶えてより約三十年。まだまだ諸大名の治政には武断のにおいが濃く、会津藩の先封・加藤氏の治政には、ことにそれが濃厚であって、前述の〔千載之松〕には、

「……先封仕置（政治）の様子、戦国の引きつづきとはいうものの多くは武断の事どもにて、道を正し沙汰せらるるにはあらず、ゆえに民俗質実にて道理のききわけも少なきようになりゆき（領民が頑迷だというのである）……正之公、入部以来、仁義をふみ、人倫の道にもとづき、平易のすじをもって何事によらず順路におおせつけられしゆえ、諸人だんだんに信服し、民心の非も次第にあらたまり、風俗一変せしよし」

と、ある。

この通りであったろう。

それは、いまにのこる数々の史料によって裏づけられるからだ。

正之が、会津へ移ってから八年目の慶安四年に、将軍家光が死んだ。

死にのぞんで、家光は、当時十一歳の幼児にすぎなかった四代将軍・家綱の将来を案じ、大老・酒井忠勝をはじめ、前田利常、松平光長など、みずからが信頼する大名たちにその補佐をたのんだが、ことに保科正之へ対しては、

「中将殿には、ぜひとも長生きをしてもらわねばならぬ。長命のことを躬が命とおもわれたし」

手をつかみ、これをはげしく打ちふり、涕涙してたのんだ。

長生きをし、家綱の治政をたすけてもらいたいというのである。

徳川家光は将軍としても凡庸だといわれ、現代ではあまり評判もよくないが、それでも国政について、晩年には、これだけの責任を感じていた。

加賀・金沢百万石の太守で、これも名君のほまれ高い前田利常が、将軍・家光を評して、こういっている。

「家光公は智慮ある人で油断がならぬ。気をつかわねばならぬことが多かったが、なれど余には、ことにねんごろで、かれこれと内密の相談もなされ、次代の

将軍となるべき幼い家綱公の身の上も何かとおたのみになるおぼしめしであったから、余も何か御用でもおおせつけられたら、ずいぶんと精を出してつとめたく思うておる」

婚礼騒動

四代将軍の補佐役となった保科正之は、幕府大老として幕閣の中核となったが、

「会津侯は、古今まれなる賢君（けんくん）である」

と、前田利常はほめたたえている。

利常は加賀藩の祖・前田利家の第四子に生まれ、年少のころには豊臣秀吉に可愛いがられたこともあるほどで、戦国の末期から徳川の天下統一が完成する時代の、はげしい流れを泳ぎぬき、将軍と前田家との融和（ゆうわ）については、

「……かつて利常の態度につき、幕府の嫌忌（けんき）するものあり。しかし適宜（てきぎ）臨機の処置をもってその危機を脱せるのみならず、かえって幕府をして、公に信頼するの利をさとらしめ、ついに加賀藩を万代不易の泰（やす）きにおいた」

と、利常略伝に記されているように、政治家としてもスケールの大きい人物であった。

自分の後をついで前田家四代の当主となるべき綱紀の将来を考えた利常は、

「自分はもはや老いて行末もおぼつかぬし……綱紀のたのむべき人物と手をむすんでおきたい」

それで、保科正之と姻戚となることをつよくのぞんだ。

万治元年の春、前田利常は堂々と幕府を通じ、このことを保科家へ申し入れた。

正之これをきくや、

「天下に侯伯多しといえども、前田家をもって日本第一とする。この領主をわが聟にすること、まんぞくである」

一も二もなかったという。

この年の七月二十六日。

正之の女・松子（摩須姫）と前田綱紀との婚儀がとりおこなわれたが、新郎十六歳。新婦十歳であった。

この松子は、正之の正室の子ではない。側室おしほの方が生んだむすめであった。

この松子の前田家へ嫁入りについては、さすがの正之が、

「わしとしたことが、このような不覚を……」

あたまをかかえるような異変が起っている。

寛文の七聖人などとうたわれた保科正之も女性関係についてだけは、

「政事よりも骨が折れる」

おもわず、苦渋をもらしたそうな。

正之は寛永十年七月に、内藤政長の女・菊子を妻にむかえたが、この正夫人は結婚生活わずか四年で病歿してしまった。

菊子は病身であったし、子も生まれず、したがって夫婦生活も順調ではなかったものだから、正之は彼女が亡くなる前から、京の上賀茂の社家・藤木某のむすめでお万というのを側妾にしていた。

それで正之は、菊子の死により、このお万を継室（後妻）としたのである。

このほかに正之は、おふき（尾張の浪人・沖某の女）、おしほ（牛田氏）、なつ（沢井氏）と三人の側妾をもち、前後十四人の子女を生ませているというから、なかなか旺盛なものではないか。

正之の後妻に直ったお万の方は、三男一女を生んでいるが、長男・正頼は十八で早世してしまい、二男の正経は三十六まで生きて会津藩二代をついだけれども、三男・正純は二十歳で病死してしまっている。

さらに、むすめの春子。これは上杉綱勝へ嫁入りをしたのだが、思いもかけぬ事件に巻きこまれて変死することになった。

この変死事件が、前述の前田家との婚礼に関係があるのだ。

いまから見ればおもしろい事件だが、当時の正之にしてみれば、父親として、まことに悲痛なおもいをしたにちがいあるまい。

お万の方は側室から正夫人に直った幸運をつかみながら、いざ正室の座へすわりこむと、他の側室に対する嫉妬が非常なものとなった。

側室のひとりであるおしほの方の生んだ松子が前田家へ嫁入ることになったとき、

(おのれ、松子めが……)

お万は激怒したというのだ。

それはなぜか……。

自分のむすめ春子が嫁入った先は、米沢三十万石の上杉家なのだが、今度、松子が嫁ぐ先は加賀百万石の前田家である。

百万石と三十万石のちがい――これが、お万の無念をよんだ。

保科側の婚礼の仕度にしても、三十万石と百万石との相違がどうしても出てくるのは仕方もないことだが、さらに、この縁談が前田家からの熱心な希望によるものだということもお万の妬心（としん）を煽（あお）った。

（おのれ!!　そのままにはしておかぬ）

では、どうするつもりなのか……。

お万は、婚礼を前にした松子を毒殺しようと決意したのだ。

ところで、正室と側室のむすめ同士は、しごく仲がよい。

「於松さまも、いよいよ御輿入れとあらば、これからはお目にかかるも心にまかせまい。ゆるりと別れを惜しみたいものじゃ」

と、いったのは上杉侯夫人の春子であった。

腹ちがいながら、可愛いらしい十歳の妹が嫁入りするのである。むろん実際の夫婦生活がはじまるのは数年後のことだが、それだけにほほえましくもあり、いたましいような気もする。

いよいよ、明日は婚礼という七月二十五日に、いそいそと、春子は桜田の上杉家・上屋敷を出て、実家である芝の保科家上屋敷へおもむいた。

これより先、保科の江戸藩邸では、ひそかに毒殺の計画がすすめられている。

春子は、むろん実母お万の陰謀を知るよしもない。

春子が到着し、松子と対面するや、夕餉の膳がはこばれる。

膳は、先ず妹の松子の前へはこばれ、次に姉の春子の前へすすめられようとした。

すなわち、お万の方の密命をうけた老女の三好(みよし)が、ひそかに松子の膳の食物へ毒を入れておいたわけだが……。

「お待ちなされ」

このとき、松子付きの老女で野村というものが、とっさに給仕の侍女たちを制し、

「姉君さまよりお先に御膳へおつきなされてはなりますまい」

とっさに進み出て、松子の膳部を春子の前へ置き直し、いまや春子の前へすえられようとした膳部をみずから取って松子の前へ置きすえてしまった。

かねてから、お万の方の人柄を熟知していた野村だけに、いささかの油断もない。

（あっ……）

胸中で声なき悲鳴をあげたのは老女・三好である。

（こ、これは、とんでもないことに……）

顔面蒼白となってふるえ出したが、どうしようもない。ふたたび膳部を取り替える理由が何一つとして無いからである。

そのうちに……。

何も知らぬ姉妹は仲むつまじく語り合いつつ、膳部のものを食べはじめた。

三好は居ても立ってもいられない。お万の方の命令で入れた毒物を、お万の方のむすめが口に入れているのであった。

（ああ……あ、もう……）

だからといって、これをとどめることもならぬ。

それでなくとも、松子のそばにぴたりと寄りそった老女・野村が屹とこちらをにらみつけているではないか。

ついに、食事が終った。

翌日になって、松子は目出度く前田家へ嫁入ったが、春子のほうは桜田の上杉屋敷へ帰ったその夜から腹痛を訴え、医薬をつくしたが及ばず、二十七日の昼すぎ、ついに死去した。

こうして、春子は実母の劣悪の犠牲となったのだが、このはなし、無惨をきわめている。

お万の方も、このことを知ったときは驚愕のあまり卒倒したという。

保科正之のおどろきも非常なもので、

「女とは、このように恐るべき生きものなのか……」

茫然となったが、ただちに、きびしく詮議をすすめ、老女・三好をはじめ、この毒殺計画に加担をした十八名を斬罪・切腹の刑に処した。

切腹とあるからには、数名の家来も加担していたのだろうが、この事件は、これ以上、尾を引いてはいない。

大名の家では、こうした閨門のみだれが家臣たちの権力や派閥にむすびつき、いわゆる〔御家騒動〕にまで波紋をひろげて行くものなのだが、会津藩では、さすがに正之の統轄がゆきとどいていたので大事にならなかった。

保科正之は、三万石から二十万石の大身になっただけに、会津へ移って来たとき、新しい家来も多く召し抱えた筈だが、あまり屑をつかんではいない。

正之自身、将軍補佐となってからは江戸にいることが多く、めったに会津へは帰らなかったようだが、重臣たちが国もとをしっかりとまもり、正之の治政方針をあやまちなく押しすすめてきている。

さて、お万の方であるが……。

彼女は二代藩主となるべき正経の生母であるから、まさかに首を斬るわけにもゆかず、江戸藩邸の奥ふかくに幽閉された。

お万は元禄四年の夏に、大崎の下屋敷でさびしく死んでいる。

しかし、老いさらばえつつも尚、そのころの三代藩主・正容を憎悪していたようだ。二代藩主の我子・正経はすでに死去しており、正容は自分が生んだ子ではないからである。

見舞いに来た正容のはかまの裾を、

「む、むう……」

おそろしいうなり声を発しつつ、お万の方がひきつかんだので、

「母上、なにをなされます」

おどろいて正容が、これをはなさせようとしたが離すものではない。

「母上。おはなしあれ」

「むう……」

不気味なうなり声をあげ、怨憎のおもいをこめた白い眼で正容をにらみつけつつ、じりじりと半身を起しかけた。

たまりかねた正容が顔面蒼白となり、

「た、たれか……」

うめくようにいったとき、

「ごめん」

ようやくに意を決した用人の杉本某が短刀をぬき放ち、膝行して近づくや、

「おゆるし下されましょう」

やむなく、はかまの裾を切り放した。

このはなしは、尾ひれがつき、正容が来たとき、すでにお万の方は息をひきとっており、その死体が手をのばして、はかまの裾をつかんだ、と、いわれるようになった。

聖人君子のほまれをほしいままにした保科正之にも、こういう「人生」がひそんでいたのだ。

正之自身が、その出生のとき、秀忠夫人によって抹殺されかかったことをふりかえって見るとき、女性の妬心にさいなまれた彼の生涯に、因縁めいた、偶然の

ふしぎさを感ぜずにはいられない。

幕府大老

四代将軍・家綱は凡庸な将軍といわれている。

しかし、それだけに大老の保科正之をはじめ幕府閣僚がおもうままに腕をふるい、天下統轄の政治機構をととのえ、これ磐石（ばんじゃく）のものとすることを得た。

凡庸といわれても、もともと病弱であったし、温和な人柄であったようにおもわれる。

家綱の治世のうちで、もっとも大きな事件は、あの振袖（ふりそで）火事であろう。

本郷・丸山の本妙寺の施餓鬼（せがき）に振袖を焼いたことが発火原因だともいわれているが、とにかく明暦三年（一六五七年）の正月十八日から十九日にかけて、燃えさかる火災は江戸市中をなめつくした。

むろん、江戸開府以来の大惨禍である。

幕府当局の文治政策も軌道にのり、保科正之も大老職に任じてから五年目となっており、四十七歳のはたらきざかりであった。

正之は、出火と同時に江戸城へつめ、不眠不休の指揮に当った。

たとえば、

「浅草の御米蔵に火がかかります」

との知らせをうけたとき、

「よし。焼け出された市民たちに、蔵米を持ち出すことをゆるせ」

打てばひびくように命じている。

このときの火事は、十八日の本郷出火につづいて、翌十九日に小石川の伝通院前から出火。さらに番町からも出火し、江戸城も、本丸・二の丸・三の丸から天守櫓（やぐら）まで焼け落ち、辛（かろう）じて西の丸と紅葉（もみじ）山だけが類焼をまぬがれたという。

焼死者は十万八千人。

武家屋敷は千五百軒（千三百ともいわれる）。

町屋の焼失は千二百町、神社仏閣は三百四十におよんだ。

まず、江戸市中の九〇パーセントは灰になったといってよい。

正之は火がおさまるや、ただちに幕府閣僚と会議し、

一、十万石以下の大名へは十ヵ年賦返済で金を貸しあたえること。

一、旗本御家人へは禄高百石につき金十両の下賜金をあたえること。

一、焼け出された市民へは金十六万両の下賜金をあたえること。
を、てきぱきととりきめた。

大老の正之と老中・松平伊豆守との談合は、

「何事にも渋滞(じゅうたい)の事なく……」

すすめられたといわれる。

米価の騰貴(とうき)もふせぐことを得たし、焼死者の死体を取り片づけるときは、正之が馬上で、これを督励(とくれい)したという話もつたえられている。焼死者をほうむった場所(本所)には、回向院(えこういん)が建立された。

こうした正之の処置は、文字通り幕府の財産を洗いざらい放出しての救済であったから、

「やりすぎではないか」

「この後、大公儀の失費がひびいて、とんでもないことになる」

いろいろと反対意見も出たようである。

だが、正之は、

「官庫の蓄(たくわ)えというものは、このような場合に下々(しもじも)へあたえるべきものであって、むざむざと積み置きしのみにては、蓄え無きと同様ではないか」

一歩もひかなかった。

正之の処置に対する江戸市民のよろこびはいうまでもないが、この明暦の大火後、幕府と大名、大名と旗本の間に融和の気運がみなぎり、反って幕府への信頼感が濃くなり、将軍も大名も気をそろえて天下政道にはげもうという意欲が旺盛となった。

焼失した江戸の復興についても、正之がしめした業績は大きい。

玉川上水をひらいたのも、このときである。

このような保科正之の政治力というものは領国の会津へも同じように発揮され、ほとんど江戸にいる正之に代って領国の重臣たちは、江戸からの指令を忠実に果した。

六年後の寛文三年に、正之たちが改定した〔武家諸法度〕に次いで、これは〔法律〕としてでなく、むしろ将軍の言葉として、武家の殉死をいましめている。

例の旗本奴や町奴などの暴力行為に対する幕府の取締りは、さらに強化され、こうした血なまぐさい戦国の遺風というものを消滅させると共に、正之は、

「もはや戦火は絶え、ふたたび起るまじ。上下こころを合せて国土をひらき、淳良の美風を展布すべし」

の意見を徹底せしむることにつとめたのであった。

この後、間もなく、保科正之は発病している。

明暦大火の五年前には、あの〔毒殺事件〕が起きていたし、正之も、将軍補佐の役目についてからは、心身の休まる日とてなかったろう。

病気は先ず眼にきた。

つづいて吐血があり、江戸城へ出仕することは、

「御命をちぢめたてまつることになりましょう」

侍医の断定もあったし、正之もまた、

「躬（み）の役目は、これで終えた」

との満足感もあったらしく、以後は屋敷にひきこもり、重要政務のみについて相談をうけるようになった。

正之が学問に熱中するようになったのはこれからで、ことに〔神道〕についての研究は、京都から山崎闇斎（あんさい）をまねいて師とし、儒教と神道との二道から、指導階級としてのモラルを追究しようとしたようである。

かの有名な〔会津風土記〕の編纂や〔二程治教録〕その他の編著も、みな政界引退後の業績であった。

これらの中で、正之の仕残したものは、二代藩主となった保科正経が遺志をつぎ、完成させている。

寛文九年……。

正之は隠居を願い出てゆるされたが、

「正経が病身ゆえ、出来得るかぎりのことをしておいてやらねばならぬ」

といい、会津へ帰国するや、かなりの情熱を治政にそそぎこんでいる。

家老・成瀬重次の慢心を怒って、これを蟄居させたこともある。

ところで……。

正之が遺した〔家訓十五条〕なるものがある。

その中に、

「婦人女子の言、一切聞くべからず」

の一条がある、何か微笑をさそわれるではないか。

正之は、よほどに女に懲りたものと見える。

寛文十二年十二月十八日。保科正之は六十二歳で病歿した。

寅の下刻というから午前五時ごろであったろう。場所は、三田の江戸藩邸に於てである。

将軍・家綱は、これを哀悼することはなはだしく、

「中将は、もはやこの世にはおらぬか……」

といったなり絶句し、朝飯が喉へ通らなかった。

遺体は二十一日に江戸を発し、正月晦日に会津へ到着をした。

〔徳川実紀〕に、こうある。

「……卒するに及んで、御所はさらにもいわず、京にては万乗の主を初めたてまつり、摂関親王以下の公卿より、各国の諸大名、朝士藩士の分ちなく、遠近の婦女小児にいたるまで、国のため人のため、名残り惜しまぬはなかりしとぞ」

昭和の初期の、大槻如電自語自筆とある文章に次のようなものがある。

「……会津中将も寛文九年に隠居をいたしまして、十二年に亡くなられました。そこで酒井雅楽頭（忠清）は当代（家綱）の始めより老中をつとめておりましたが（寛文六年・大老となる）将軍補佐の正之朝臣にはあたまが上りませぬ。この酒井、下馬将軍の称がありまして、なかなかに権勢をふるいましたけれども、しかしそれは正之朝臣の隠居してからのことです。（中略）この下馬将軍は、なかなかエライ人物のかわりに、ずいぶんと驕奢もいたしました。（中略）上に好むもののあるときは下これより甚だしと申します通り、会津が隠居してから後は十二ヵ

年、この酒井忠清が大いばりで権威をふりまわしたのですから、下々の驕りは思いやられます」

酒井忠清についてのべる余裕はないが、正之亡き後の幕府政治は、正之の明快醇乎たるちからを失い、ようやくに根をひろげた官僚政治の中に〔陰謀〕と大小の〔派閥〕のうごめきが濃厚となって行ったことはたしかである。

かたき討ち

一

むかし、さむらいの社会でおこなわれた〈かたき討ち〉についてだが……。

あながち、討つほうが討たれるほうを追いかけている場合ばかりとはいえない。討たれるほうが、

「あいつを見失なったら、とんでもないことになる」

必死に討つほうを追いかける場合もあるのだ。

佐藤孫十郎の場合がそれだった。

孫十郎は、もと播州・竜野五万一千石、脇坂淡路守の家来だったが、二十五歳の夏に、上役の砂子又左衛門という老人を斬りころして、竜野城下を脱走した。

理由は……砂子老人が役目上の失敗を下役の佐藤孫十郎へなすりつけようとしたので、

「このままでは、おれが汚職の罪をなすりつけられてしまう」

孫十郎は、たまりかね、その日の夕暮れに下城して来る砂子又左衛門を待ちうけいいあらそったが、ラチがあかず、その上、さんざんにののしられたので、

「おのれ!」

逆上して斬りつけた。

又左衛門は六十に近い老人だったし、あまり剣術がつよくない孫十郎でも、何とか斬りたおすことができたのである。

両親はすでに病死しており、近いうちに新妻を迎えることになっていた孫十郎だが、こうなっては逃げるより他に道はないと思いこんだ。

何しろ、砂子老人は、殿さまにも重役たちにも信任されていたし、

「おれが、どのように理非をうったえ出たところで、もみ消されてしまうばかりだ」

と、佐藤孫十郎はあきらめていたらしい。

果して……。

「おのれの汚職をあばかれたのをうらみにおもい、砂子又左衛門を討って逃亡するとは、けしからぬやつ!」

脇坂家では、こういう烙印を孫十郎へおしてしまった。

ころされた砂子老人には、与一郎という息子がいる。ときに三十二歳で、無外流の剣術では藩中に知られた強者だし、

「佐藤孫十郎の首、みごとに討ってくれるぞ！」

自信まんまん、父のかたきを討つため、竜野を発し、孫十郎のあとを追った。

二

孫十郎が、自分の首をねらっている砂子与一郎のたくましい旅姿を見かけたのはそれから一年後のことで、ところは東海道、白須賀の宿外れにおいてである。こちらが、すばやく見つけ、木蔭に隠れて与一郎をやりすごしたわけだが、このとき、

「あんな強いやつに追いかけられているのでは、たまったものではない。とても返り討ちにはできぬ相手だし……そうだ、よし、こっちが与一郎のうしろへぴたりとついて行こう、それなら見つかる心配はない」

と、孫十郎は決心したのだ。これは大変なことだが、首をとられるよりは……と思いきわめたのだろう。

封建のころは、日本がいくつもの国々にわかれ、それぞれに大名がこれをおさめていたのだから、A国の犯罪者がB国へ逃げこんでしまえば、いちおうA国の

手はまわりかねることになる。

武家の門におこなわれた〈かたき討ち〉も、だから法律の代行ということになるのであって、かたきを討つ者にとっては、かたきの首をとって帰らぬかぎり、先祖代々の身分も職も、ふたたび自分の手へもどってはこない。いえば、さむらいとして〈かたき〉を討たなくては食べてゆけないことになる。そのかわり、かたきを討つまでは、国もとの親類や藩庁がこれを助け、旅費なども送ってくれる。

が、それにも限度がある。

「与一郎が出ていってから、もう十年にもなる。いつになったら、かたきの首がとれるのだ」

と、親類の者もあきあきしてくるし、藩庁でも忘れかけてしまう。

こうなると、旅費をもらうにも気がひけてくるし、十年が十五年になると、砂子与一郎も、江戸や大坂で、足をとどめて生活費をかせぎ、これをためこんでは、また〈かたき探(さが)し〉に出るようになった。

精悍(せいかん)そのものだった砂子与一郎の顔にも体にも憔悴(しょうすい)の色が濃く、疲れが浮いて見える。

三

砂子又左衛門が死んでから、二十五年の歳月がながれた。

五十七歳の老人になった砂子与一郎は、その年の晩秋に、甲州・栗原の宿の〈源や〉という旅籠(はたご)で発病した。

いまでいう肺炎のようなもので、高熱がつづいて何度も死にかけたが、ようやくに危機を脱した。

脱したとたんに、こんどは両眼がみえなくなった。

長年の旅の疲れと心の疲れが、与一郎の肉体のすべてをいためつくしていたのだろう。

旅籠のものも、このうす汚い老いた浪人を邪魔ものあつかいしはじめた。

与一郎は、ついに自殺の決意をかためた。

見えぬ眼で、かたきの佐藤孫十郎をどう探してよいのか……。

或る夜、短刀をにぎりしめ、これを喉(のど)もとへ突きたてようとした砂子与一郎の腕を、だれかが飛びこんできて押えた。

「おまちなされ」

その男の声は、しわがれていた。

「おはなし下され。それがし、もはや、この世に生きていても詮なき身でござる」

与一郎はもがいた。

「よくよくのわけがおありでござろう。なれど、ついつい、この場へ飛びこんで来てしまいました」

「そこもとは？」

「旅の法師でござる」

「おはなし下され」

「いや……もう一度やってみましょう。心つくして治療にあたれば眼のちからも元へもどりましょう」

「なれど、それがしには一文の銭すらないのじゃ」

「おたすけいたしましょう。かなわぬながらも……」

しわがれた声が、力づよくいった。

砂子与一郎は、この旅の老法師の世話をうけ、手をひかれて江戸へ出た。

そして、江戸の本所・小泉町の町長屋へ住み、眼医の治療をうけるようになったが、翌文政十一年の夏の或る日の夕暮れ、精も根もつき果てたように、砂子与一郎は息をひきとった。

与一郎の臨終をみとったのは、いうまでもなく、あの老法師だったが、

「ながい、ながい旅の終りでござったな」

と、老法師すなわち佐藤孫十郎が、与一郎の耳もとへいいかけると、

「何の縁もなきそれがしを、これほどまでにお世話下さるとは……砂子与一郎が五十八年の生涯で、この半ヵ年ほどに心うれしき期間はござらなんだ」

与一郎は両手を合せ、見えぬ両眼になみだをうかべ、かすかな笑いを発して息絶えた。その死体に取りすがり、五十一歳になる佐藤孫十郎が、坊主あたまをふるわせ、

「ああ……与一郎どの、苦しい辛い二十六年でござったなあ。なれど……もう一度、いや、いつまでもいつまでも共に旅をしてまいりとうござった」

奇人・子松源八

一

いまの島根県・松江市——むかしは松平家十八万六千石の城下町だが、松江へ寛永十五年に入封した松平直政は、徳川家康の次男・秀康の三男にあたる。

この松平直政の孫・綱近（つなちか）が松江の殿さまだったころの元禄九年のことであるが……。

当時の家老で棚橋近正（たなはしちかまさ）というものが、政治向きのことで悪いことをした。いまでいう汚職のひどいもので、何しろ、松江藩の執政（総理のようなもの）をつとめていたほどの権勢をもっていた棚橋家老だから、この汚職事件に連座して罪をうけた藩士も少なくなかった。

棚橋近正が罪をうけて脱走し、京都の伏見にかくれていたところを捕えられ、松江へ送り戻されて打首の刑に処せられたのち、棚橋一味のさむらいたちも、それぞれに罪をうけた。

子松源八時達（ねまつげんぱちときさと）もその一人なのだが、これは、ちょっと気の毒で、実は兄の十右衛門というのが棚橋一味で、少しわるいことをやったため、その〔巻きぞえ〕になったのだ。

兄は牢屋へ入れられたが、源八は城下から追い出され、松江より五里ほどはなれた大原郡・大東（だいとう）の村へ来て、ここの庄屋の世話で、村外（はず）れの小屋へ住みつくことになった。

ときに源八は十九歳。

むろん妻子もなく、すでに両親は病死しているから、たった一人きりなのである。

年は若いが六尺余の大男で、

「毛髪うすくして、顔貌旧老（がんぼうきゅうろう）のごとく……」

と、ものの本に書いてあるところを見ると、とても十九歳の少年には見えなかったらしい。

源八が村に住みはじめるや、

「年もお若いのに、えらいお人じゃ」

「あのようなお人が罪をうけなさるとは、ほんに気の毒な……」

非常に評判がよろしい。

たとえば……。

源八の小屋のとなりに住む百姓が、貧乏暮しのこの若者に同情し、

「あなたさまひとりが口に入れる野菜などタカの知れたことでござります。少しも遠慮なく、うちの畑からナスでもキュウリでも、もぎとって食べて下され」

と、いった。

「ありがとう」

源八はよろこんだが、その後、畑のものを取るときは、かならず価の銭を野菜の茎(くき)などにむすびつけて去る。

畑の主の百姓は、これを知って銭を返そうとしたが、源八は絶対にうけとらない。

こんなことで村中の人気がたかまり、村の中でも豊かな暮しをしているものたちが、そろって外出するときや、家に女子供を残して行くときなど、

「源八さまに留守をお願いしたら大丈夫じゃ」

と、いうことになった。

留守番をたのまれると、

「よろしい」

こころよく受け合い、出かけて行くのだが、そのときの子松源八の仕度(したく)という

のが、また大へんなものだ。先ずタスキをかけ、ハカマの股立ちをとり、大小の刀を帯し、その上、弓矢をかいこむ。まるで戦争でもしに行くような物々しさでたのまれた家へ出かけるのだが、それからが、また大仰なのである。

源八は日が暮れると家の中央にすわり、そばに弓矢をおき身のまわりの戸障子を引きはなち、八方に眼をくばりつつ少しの油断もなく、むろん夜もねむらず、外出した人びとが帰って来るまで、緊張をしつづける。

「それまでになさらずとも……」

と、留守をたのんだ方では恐縮するばかりだ。

あまりに大げさだし、むしろ可笑しくなってくる。

しかし、源八は留守居をたのまれれば、いつも同じような見張りをつづける。

しまいには、

「源八どのは、いささか変ってござる」

「奇人じゃな」

ということになった。

ところが、村へ住むようになって二年目の夏、例によって或る家の留守番をたのまれたときに、四人組の強盗が押し入って来たものである。

夜ふけであったが、源八は早くも気づき、裏庭から忍びこんで来た四人の盗賊へ、

「ふらちものめ!!」

声をかけるや、弓に矢をつがえ、たてつづけに射た。

あっという間もなく、盗賊三人が源八の矢を股に受けて倒れ、残る一人は、這々(ほうほう)の体(てい)で逃げ去った。

矢に刺された三人に縄をかけ、源八は夜があけると役所へ突き出したので、村中は大さわぎだ。

庄屋が、わざわざ源八のところへ来て、礼をのべると、源八がいった。

「世の人は、ともすれば異常を忘れ、毎日が正常のものだと思いがちなものらしい。なればこそ、おれの物々しい留守仕度(じたく)が可笑しかったのだろうな」

しかし、庄屋や村人たちには、この源八の言葉のふかい意味が、よくのみこめなかったようである。

二

こうして子松源八は奇人あつかいにされながら、それでも重宝がられ約九年を大東村にすごした。

その間、彼の日常は村人のために、いろいろとはたらいたようなものだが、相かわらず小屋に一人暮しをつづけていた。

例のとなりの百姓のむすめで、おりつというのが源八の世話をよくしてくれた。

このおりつは源八の胸のあたりへやっと頭がとどくほどの小女で、しかも、

「村いちばんの醜女(ぶおんな)じゃ」

というので、

「いかに変りものの源八さまでも、おりつには手が出まい」

と、村人たちはうわさをし合ったものだ。

その通り、若い源八はおりつにみだらなことも仕かけず、それでいて出入りをする彼女をいやがる風も見せず、淡々として世話をやかれている。

さて――。

宝永元年の五月に、殿さまの松平綱近が隠居し、その弟にあたる吉透が新しい殿さまになった。

これを機会に、八年前の事件で罪をうけたものも大分ゆるされたが、子松源八に対しては、家老の一人、三谷半太夫が、

「源八は大東の村に住み、村人のためにもつくし、神妙のふるまいにて、彼をよびもどし、あらためて御奉公させることは御家のためにもなろうかと存じます」

新藩主・松平吉透にも言上し、ここで源八は五十石二人扶持という、むかし兄がもらっていた俸給の約三分の一ほどの低い身分ながら、めでたくふたたび松平の家来となることが出来た。

ちなみにいうと、兄の十右衛門は四年前に牢死をしていたのである。

で、源八は、村人の祝福をうけ松江城下へ帰ったわけだが……。

数日後の昼ごろ、おりつの家の前に駕籠がとまった。

この駕籠を人足に担がせ、子松源八が裃姿の礼装でやって来たのだ。

「うわあ、源八さまが立派になったことよ」

「だがまあ、おりつのとこへ駕籠をかつぎこんで何をするつもりじゃろ？」

村人たちが、わらわらとあつまる中を、源八が、おりつの手をとってあらわれ、彼女を駕籠にのせた。

おりつの両親は手を合せて、源八を拝んでいる。

呆気（あっけ）にとられた村人の一人が、

「源八さま、こりゃどうしたことで？」

たずねると、源八は、

「おりつを妻に迎えるため、やって来たのだ。前々から考えていたことだが、いま、おりつも承知をしてくれてな」

笑いもせずにこたえ、女をのせた駕籠につきそい、自分は歩いて松江城下へ去った。

「よりによって、あのような百姓の、あのような醜女を嫁にするとは……」

今度は城下の人びとが源八を変りものにしてしまった。

こんな話がある。

のちに弓道指南役（源八の弓術は天才的なものであったらしい）に取りたてられ、俸禄も百石になったとき、

「これからは、お酒をめしあがるときも、しかるべき酒器がなくてはいけませ

ぬ」

　妻のりつにすすめられ、それまでは茶碗で好きな酒をのんでいた源八も「そうかな」と、さからわずに城下の店へ行き好みの盃を見つけたので、

「瑕はないか？」

　きくと、店の者は、

「ございませぬとも」

　と、うけ合った。

　ところが帰って来てしらべると、五つの盃のうちの二つが糸底に瑕があるのを発見したので、源八は、これを持って、買った店へ返しに行き、

「これ、なぜにおれをだましたのだ」

　叱りつけた。店のものは大いにおどろき、さんざんにあやまって、金を返そうとするや、源八はこれをとどめ、

「おれは、だまされることがいやなので盃を返すのだ。金を惜しむのではない。お前は金がほしいためにおれをだました。いまはもう、おれもだまされずにすみ、お前も金を得たのだから双方ともに、のぞみを達したわけじゃ。だから金なぞいらぬよ」

さっさと帰って来てしまった。

また、こんなこともあった。

あるとき、古道具屋の店先に刀の鍔を見て、

「これはよい。もとめるがいかほどじゃ？」

源八が店の女房に問うと、

「二貫とか三貫とか申しておりましたが……いま亭主が留守でございましてわかりませぬ」

「よし」

すぐさま源八は二貫の銭に相当する金を出し、

「亭主帰らばこれを見せよ。もしも亭主が二貫にては売らぬと申したなら、また、これをあたえよ」

さらに一貫を出して女房にあたえた。

亭主が帰って、このことをきき、

「ばかなさむらいではないかよ。そのようなことをすれば商人はみんな三貫とるにきまっているに――」

女房と共に大笑いをした。

これが評判となって、

「源八め、商人にまであなどられたそうな」

「奇人ではすむまい。いささか頭が変なのではあるまいか」

家中のものがうわさしているのをきいた家老の三谷半太夫が、

「源八が変なのか、うわさをしているものどもが変なのか、こりゃわからぬぞよ。人というものは、おのれの頭が狂ってくるのを、おのれで気づかぬものらしいゆえな。わしにいわせれば、子松源八にはいささかも変ったところはない。源八のすることとなすこと、あれが人として正常（ふつう）のことなのじゃ」

と、自分の子女や家来たちにいったそうである。

しかし、十年もたつと、源八夫妻の買物の仕方が少しも変らぬので、はじめはおもしろがって価を二ついい、うまくだまして儲（もう）けたつもりでいた商人たちも、

「子松さまをだましてはならぬ」

と、いいあい、源八の家へは魚や野菜にいたるまで、むしろ安い価で持って来るようになったそうだ。

だが、いくら安くても、ほしくないものは買わず、ほしいものは有金を残らずはたいても買うのが源八夫妻であった。

十年、二十年たつうちには、子松源八は松平家にその人ありと知られた人物になり、源八の家に奉公をした下女なぞは、

「子松さまのところに御奉公をしていたむすめなら、顔も姿も見ぬでよいから、せがれの嫁にしたい」

と、迎えが来る。

ために、

「食いぶちを入れますから、どうかむすめに御奉公をさせて下され」

と、近くの町や村からの申しこみが絶えず、これには源八も大弱りであったという。

弓道指南役としても立派なものであった。

城の三の丸にある広場で藩士たちに弓術を教えるときも、六十をこえた老人の源八が、はるか遠くの見所(けんぞ)から、

「平五郎の矢は二寸上っておるぞ。貞右衛門の矢は三寸下っておるぞ」

と、矢をつがえた藩士たちに声をかける。

いわれた通りに矢を放てば、かならず的に当るのである。

こういうわけで、当時の松江藩には弓道の達者が大量に増えた。

源八は、りつとの間に二男三女をもうけたが、宝暦七年の二月、八十歳になった彼が城から帰って、七十三歳の老妻・りつに向い、

「本日の弓のけい古にて、わしの眼にも狂いが生じていることがわかった。わしは弓術をもって御奉公をしている身なのに、眼がきかなくては、弓を教えることも、またみずから矢を放つことも出来ぬ。わしは、もはや老いたり。いまはもう何の役にも立たぬ身になったゆえ、生きてあっても益ないことじゃ」

こういって、その夜から食を絶ちはじめた。

りつをはじめ、せがれや、むすめたちも、しきりにすすめるのだが箸をとろうともしない。

心配した門人たちが、家老の三谷半太夫をおとずれて、

「何とか先生がものを食べるように取りなしていただきたい」と、せがむ。

このときの三谷家老は、むかし源八を世話してやった半太夫の息子であり、源八の門人でもあった。

三谷家老が出かけていって、

「亡き父と先生との御交誼になめんじ、なにとぞ一口なりとも召しあがっていただきとうござる」

たのむと、源八はうなずき、病床に半身を起し、

「なるほど。亡き父君にうけし御恩を思えば、そこもとの言葉にしたがわねばなりますまい」

おりつが差し出す重湯を一口のみこみ、さらに二口めを口にしたが、

「あ、いかぬ」吐き出してしまい、

「残念ながら、わが病い、ついに食を受けぬようになり申した」

にっこりと三谷家老へいった。

この日から七日目に子松源八は、毎夜のねむりについたような大往生をとげた。

元禄一刀流

弟子の冥福

火の気もない次の間で経をよむ良人の声が絶えたのに気づいて、以乃は静かに襖を開け、声をかけた。

「あなた……」

「おう。まだ起きていたのか」

堀内源太左衛門は、仏壇の前から六尺に近い巨体を起して立上りながら、

「きびしく冷えこんできたな」

「はい」

「一服頼む」

以乃は、たぎらせておいた釜の湯を汲み、茶をたてにかかった。

今夜——といっても、すでに時刻は丑の刻（午前一時から三時頃）に近く、間もなく十五日の朝を迎えようとしている。

去年のこの日には赤穂浪士四十七人が本所松坂町の吉良邸を襲撃し、吉良上野介の首をうち、見事、主君内匠頭の無念をはらしたのであった。

一年目の今日――それも十四日の夜から、源太左衛門は仏間にこもり経をよみ、愛弟子三人の冥福を祈っていたのだ。

妻の以乃も昨十四日からは良人と同じ気持で、三人の冥福を念じている。

以乃のたてた茶をのみ、源太左衛門は嘆息して言った。

「おれは去年の今夜、おれの可愛い弟子を三人とも失うてしまった」

「お察しいたします。つねづね、わが一刀流の神髄を後に伝えてくれるものは、堀部、奥田、清水の三人だと申されておいでになりましたのに……」

「その同門の三人が敵味方に別れ、剣を交えたのだ。おれの剣法は彼等が争う為にあったのではない。彼等を、それぞれ立派な男に――心も体も強くたくましい人間にする為のものであった筈なのだ。それが……それが……」

源太左衛門は暗然となり、口をつぐんだ。

千人をこえる門人のうちでも、浅野内匠頭家来の堀部安兵衛と奥田孫太夫――それに吉良上野介の中小姓をしている清水一学の三人は源太左衛門がもっとも嘱望していた門人である。

ことに三人のうち一ばん年少な清水一学は、その人馴っこい性格にもよるが、四十七歳の今まで子供にめぐまれなかった源太左衛門にとって掌中の珠をうばいとられたような気がしている。

「いま一服、いかが……」

以乃がすすめると、源太左衛門は太い首を振って、

「もうよい……」

「はい……」

「なあ、以乃。清水一学と奥田孫太夫は、とりわけ仲の良い間柄であったな」

「さようでございました」

「あの事件さえ起こらねばなあ。奥田も清水も、今だに仲良く竹刀を交え、修行の道に励んでいたろうに」

夫婦は、しばらくの間、黙念と向い合っていた。

何処か遠くで、犬がほえた。

そのとき、源太左衛門は閉じていた大きな眼をぎょろりと開き、

「おう。思い出した」

「は？　何をで？」

「ほれ、二年前の春だ。あのとき、あの事件をはじめて耳にしたときも、おれは、お前のたててくれた茶をのんでいたのだったな」

「あ――」と、以乃は思い出して、
「ほんに……そうでございました」

三月十四日

二年前のその日――元禄十四年三月十五日の昼近い頃であったが……堀内源太左衛門は朝稽古を一通り済ませ、習慣になっている水浴を行ったのち、居間で茶を喫していた。

当時、江戸でも指折りの剣客と称された源太左衛門の門人には諸大名の家来も多く、市ヶ谷御門外の宏大な道場には一日中、竹刀の音が絶えない。

あまり手入れをしない庭の一隅に一本だけ植えてある桜の花が七分咲きというところだ。源太左衛門は、障子を開け放った居間から、一汗流したあとの爽快な気分で、うっとりとその桜をながめていた。

道場で竹刀の音が止んだ。門人たちも一息いれているのだろう。

「おう。清水ではないか、何をしておる」

道場へ通ずる枝折戸のあたりに現われ、こっちをうかがっていた清水一学を見出して、源太左衛門は声をかけた。

「まあ、来い。遠慮はいらん」

「は——では、失礼いたします」

一学は縁側に近寄って来た。

丸顔で小肥りに見える一学だが、筋肉は引きしまり、きびきびした体の動きだ。

二十五歳の若さが、色白の血色のよい面上にみなぎっている。

「まあ、かけろ」と、愛弟子を縁側にかけさせた源太左衛門は、傍に微笑んでいる以乃に、

「清水にも一服たててやれ」

「はい……」

「あ、私は結構で——不調法でございますから……」

一学は手を振り、はにかむような笑い顔になった。

「貴公の御主人、吉良殿は天下に聞えた茶人だそうな。お気に入りの貴公も御相手することがあるのではないか?」

「いえ。私は——」

「酒の方か？」

「恐れいります」

「一同に稽古をつけてくれたか？」

「は――いま一休みして……」

「うむ。ときに、何か用でも……」

「はあ。実は、その……手前主人が、ぜひとも堀内先生をお招きしたいと……」

「またか。前にも言うた通り、堅苦しい茶会に招かれるなど、おれは困る。おれは女房どのの点前で気楽にやるのが一番よいのだ。すまぬが、お断りしてくれい」

「なれど、手前主人は、ぜひにも先生にお目にかかり、一言お礼を申し上げたいと……」

　この招きは、前からも二度三度とあったことだし、そのたびに源太左衛門は断りつづけてきた。

　一学の主人、吉良上野介は高家衆の筆頭で、禄高は四千二百石にすぎないが、上杉や島津などの雄藩とも親類の関係にあり、皇室と幕府との交際について重要な儀式をとりあつから役目柄、幕府での威勢も大きい。その上野介が、たかだか三両一人扶持(ぶち)の中小姓にすぎない家来の清水一学が世話になっているからという理由で、源太左衛門を招待し、礼をのべたいという。

一学は、よほど上野介の気に入られているものとみえる。

「礼など言うてもらうには及ばん。師匠が弟子の面倒見るのは当り前のことなのだからな」

尚(なお)も執拗(しつよう)に頼む一学に、源太左衛門は念を押した。

一学は切なそうに目を伏せた。上野介から、ぜひにも承知してもらってこいと命ぜられていたからである。

清水一学は、上野介の領地、三河国、吉良の百姓の家に生れた。

両親に早く死別れた一学は、領内の酒問屋(さかどんや)、三州屋(さんしゅうや)に奉公した。九歳の春である。

上野介は吉良領内で名君の評判が高く、領民達は領主の上野介を尊崇すること並々ではない。

「あのように民百姓を可愛がって下さる殿様を御領主様にもった我々はまことに幸せものじゃぞ。われもこのことを忘れるなよ」と、一学も三州屋の主人から口ぐせのように聞かされたものだ。

（おれも、一度は殿様のお屋敷で働いてみてえな）
下男でも風呂たきでもよい。いや、何よりも偉い殿様が住む江戸へ行って働きたい。
将軍御膝元の江戸の街が花やかな幻影となって、少年一学の頭からは消えたことがなかった。
一学が十五歳の秋——江戸から領地を見廻りに来た上野介の駕籠に、一学は道ばたから飛出して直訴をした。

使ってみて下され、精一杯働きますと、一学はもう夢中で、声をしぼりたてて頭をすりつけた。はじめは驚いた上野介も、

「面白い小僧じゃ」と顔をゆるませ、

「それほどにわしのところへ来たいのか？」

「はい。はい、はい……」

一学が手を合せて拝むのを見て、上野介も笑い出した。物怖じもせず、ひたむきに訴える利発そうなこの少年を、上野介は気に入ったらしい。

三州屋も領主から話を持込まれては否やはなかった。半年ほど一学は領地代官所の使い走りをさせられたのち、江戸の吉良邸へ引取られた。

こころみに上野介が学問をさせてみると、一学は必死になって勉強に励み出した。

上野介は、このまま、この少年を下男奉公で一生を終らせたくないような欲目も出てきて、一学が十九歳になった年の正月に、市ヶ谷の堀内道場へ通わせることにした。

このときまで藤作という名前だった彼は、上野介から清水一学という姓名をもらい、足軽に抜擢(ばってき)された。

それから六年……。

一学はいま、中小姓にまで引立てられ、ようやく武士として一人前になったところであった。

「ここまでたどりつくまでに、私は百姓上りの田舎者だとあざけられ、朋輩衆(ほうばいしゅう)、上役の方々からも馬鹿にされ通してまいりました」

一学は、以乃が出してくれた煎茶にも手を出さず、語りはじめていた。

「手前はもう情なくて、つらくて、いっそのこと侍をやめようかと、何度思ったか知れません。なれど……なれど、この道場へまいるようになりましてからは、ガラリと考え方が変りました」

「ほう。どう変った?」と源太左衛門。

「身分の上下なく、先生がお教え下さいましたからです。手前はこのごろやっと、何とか一人前の武士になれそうな気がしております。百姓上りの自分は、いくら出世をのぞんでも、到底、一人前の武士にはなれないと、弱い心に、ともすればなりがちでございましたが……手前も、どうやら希望がもててまいりました」

一学も、だいぶ百姓上りだという劣等感には悩まされていたものとみえる。

堀内道場では、ごく少数の者をのぞき、ほとんどの門人達は、若い一学の素姓(すじょう)を軽く見るなどということはない。

これは師匠の源太左衛門のすぐれた人格が道場全体に反映しているとみてよい。

ことに奥田孫太夫は一学を可愛がった。先輩として剣の道を指導してくれるばかりではなく、さりげない雑談のうちにも一学へ武士としての教養をそれとなく語って聞かせるという風に、年齢は親と子ほどの違いがあっても孫太夫は弟子の一学の面倒を何くれとなく見てやってきている。

奥田孫太夫は、かつて内藤和泉守(いずみのかみ)の家来であったが、内藤家が故(ゆえ)あって滅亡したのち、浪人の苦労もなめている。その後、内藤家と親類の間柄にあった浅野家へ召抱えられ、先代の長友(ながとも)、当代の長矩(ながのり)の二代に仕えてきた。新参ながら俸禄は百五十石、武具奉行をつとめていた。いかに孫太夫の清廉剛毅(せいれんごうき)な性格が重く用いられたかが知れる。

孫太夫が一学を愛したのは、そのひたむきな剣の道への精進が卓抜なものを示していたからだ。

「若いうちは、あれでなくてはならぬ。あの清水一学という男、今はただ武士として恥かしくない腕前になりたいとの一本槍だが、そのうちに、修行を積むに従い、武士だとか百姓だとかの区別なしに、立派な人間として成長するであろう」

と、孫太夫は養子の貞右衛門(さだえもん)にも語ったことがあるほどだ。

良き師匠や良き先輩によって、一学はめきめきと練達し、二十二歳の夏には、源太左衛門から免許をゆるされた。

吉良上野介は大いによろこび、そのときから、

「お前の師匠に、わしからも礼を言うておきたいのう」

と言い出していたのである。

酒問屋に奉公していただけに、一学は算盤(そろばん)も達者であり、周囲のものの妬(ねた)みを

承知の上で、上野介は屋敷内の経理までも任せるようになってきている。自分の手塩にかけた若者だけに、一学が堀内道場へ通いはじめてから、日毎に青年らしい潑剌さを取戻してきたことが嬉しかった。

百姓上りだというヒガミや劣等感を一学からぬぐいとってくれた堀内源太左衛門に、吉良上野介は心から感謝していたのだ。

「清水は、よほど吉良殿に可愛がられていると見えるな」と、源太左衛門は妻の以乃に言ったことがある。そのとき以乃は答えた。

「はい。清水さまは気の配りの細やかなお方の上に、人馴っこいところがございます。吉良様でのうてもあの方を自分の家来にしたならば、気に入らぬ方はございますまい」

上野介は、一学が江戸の町を歩いて見聞したことや世上の噂さなどを、夜伽に呼んだ一学から聞くことを非常な楽しみにしているということだ。

今度もし源太左衛門が招待を断わるようなら、みずから市ヶ谷の道場を訪問して礼をのべたいと上野介は言っているらしい。

それまでに若い家来を思う主人なのか……と、源太左衛門も今度は考え直した。

「貴公の話を聞くと、吉良殿は良い方らしいな……以乃、一度お目にかかってみるかなあ」

「本当でございますか」

一学は飛上ってよろこんだ。

「うむ」

「有難う存じます、先生――奥様、有難う存じます」

一学はペコペコと頭を下げる。こういうときに一学の経歴が、その頭の下げ方に現われるのも夫妻の微笑を誘った。以乃は、

「まあ、まあ――私にまで……」と笑い出してしまった。

この年の三月十一日に京都から勅使が江戸へ着き、吉良上野介は例年のごとく勅使饗応役を命ぜられた大名二人の指導に当っていた。

饗応役の大名は伊予吉田の領主、伊達宗春と、播州赤穂の領主、浅野内匠頭長矩である。

十日ほど前から奥田孫太夫が道場へ顔を見せないのも、主人内匠頭の役目柄、忙しい毎日を送っているに違いなかった。

「後数日で勅使も京へお帰りなさいますそうで――その後、ゆっくりと、先生の

御都合よろしき日に席をもうけたいと、主人は申されておりますが……」

「心得た」

源太左衛門も快諾した。

「御承知下さいまして、主人も大よろこびでございましょう」

「吉良殿の御恩を忘れるなよ」

「はい」

このとき、道場にざわめきが起こった。

何だろう？　と思う間もなく、

「先生――先生ッ」

あわただしく廊下を近づく足音がして、門弟の宍戸行蔵の声が廊下に面した襖越しに聞こえた。

「宍戸か。何用だ？」

「入ります」と、宍戸は襖を開けて中へ入って来て、庭に立つ清水一学を見ると、ハッと顔色を変え、

「あ、清水……居たのか、此処に……」

源太左衛門は、チラリと宍戸と一学の顔を見くらべたが、すぐに、

「どうしたのだ？　早く言え」

「は――いずれは知れること。思い切って申します。先程、殿中松の御廊下に於て、浅野侯が、吉良上野介殿へ刃傷に及ばれたそうです」

「な、な、何ですと!!」

一学はまっ青になって叫んだ。

「落ちつけ!!」と、源太左衛門は一学を制し、

「宍戸。それで？」

「吉良殿は浅手を負うたのみとのことですが、浅野侯は、その場に於て取押えられ、只今お調べ中とか……その噂さで市中は湧き返っております」

一学は眼をつり上げ、

「先生。失礼をいたします」

身を返して走り出そうとするのへ、源太左衛門が、

「待て!!」

「は――」

「落ちつけよ、清水――よし、屋敷へ戻れ」

「はッ」

一学は門へ走り去った。源太左衛門は宍戸行蔵に「道場に居る者に静まれと言え。そして稽古をつづけよと伝えろ」と言い、宍戸が出て行くのを見送ってから、以乃に向い、

「困ったことになったなあ。奥田と清水、仲良しの二人が敵同士にならねばよいが……」

「これから、一体どうなるので……」と、以乃も青い眉をひそめた。

「公儀には喧嘩両成敗の御法度がある。浅野も吉良も、それぞれに罰を受けるが常法だが……しかし、吉良殿は、小身大名の浅野と違って羽振りもよく、しかも足利の筋目で将軍家とは、いわば遠縁の間柄だ。えこひいきの御裁決にならぬとよいのだがなあ。そうなっては天下の道義が乱れることになる。浅野の家来も黙ってはいない……」

「なれど、一体どうしてこのような……」

「知らん。他人の喧嘩にクチバシが入るものではあるまい。おれはただ、一学と孫太夫が気の毒なだけだ」

道場の騒ぎもどうやら静まったらしい。気の抜けた竹刀の音が聞こえはじめた。

師弟の別れ

堀内源太左衛門が心配していたことは、やがて事実となってあらわれてきた。浅野内匠頭は即日切腹。家は断絶となり、数百の家来とその家族達は赤穂の城下を引払って、それぞれに散った。

奥田孫太夫も堀部安兵衛も、ぷつりと道場へは姿を見せなくなった。師匠の源太左衛門に心配をかけたくないという気持もあったのだろうし、何しろ主家が潰され浪人となったのだ。いろいろと体も忙(いそが)しくなったのだろう。

（いや、そればかりではあるまい）と、源太左衛門は次に現われて来るものを待った。

清水一学も、やがて道場へ来なくなった。

浅野家の悲運に引きかえ、吉良上野介には何のおとがめもない。その為に世上の人気は浅野に集まり、赤穂の浪人達が主君内匠頭の仇討(あだう)ちすることを世の人々は一図(いちず)に期待している。

吉良家に奉公していた下男下女、侍女にいたるまで、次々に暇をとってしまい、吉良家では領地の百姓達を江戸へ呼んで働かせているような有様だという。

一学に対する道場の門弟達の態度もガラリと変った。

源太左衛門の手前もあり、一学に面と向ってどうするということはないのだが、一学に向ける冷めたい眼の露骨さには、一学もたまりかねたものらしい。

世間の噂さは、上野介が浅野家からの進物が少いのに怒り、饗応の指図に当って、さまざまな意地悪をして内匠頭をいじめぬき、その為、ついに忍耐の緒が切れて内匠頭が刃傷に及んだという一点に集中されていた。(人非人の家来だ。飼犬だ)と一学を見る門人達の眼を、さすがに源太左衛門も押え切れないほど、上野介の評判は悪いのである。

あまり浅野への同情が大きなものになったので、将軍綱吉も今では、あのときの裁決を悔んでいるということだ。

上野介は将軍とも親密であり、時の老中として権力をふるっている柳沢美濃守とも内縁つづきの間柄だ。そうした関係が、あの事件の中で、上野介の身の上を有利にみちびいたことは否めない事実であった。

諸大名から仕官を望まれ断わるのに何時も骨を折っているほど声望の高い源太左衛門だし、老中の一人、秋元但馬守の家来も三人ほど道場へ来ている。源太左衛門の耳には、居ながらにして、さまざまな噂さや事実が入ってくるのであった。

「あとは、大石内蔵助という人物が、どう出るかだ。それで、すべては決まる」

源太左衛門は以乃に言った。

「いま大石は、故内匠頭の弟、大学殿をもって浅野家の再興を公儀に願い出ておるそうな……とすれば、浅野家再興がもしもかなえられた場合、主君の仇討ちなどはもっての他ということになる」

「なれど、浅野家再興のお許しがないとなれば……」

「わからぬ」と源太左衛門は頭を振り、

「おれは何事も、大石内蔵助の胸ひとつに畳まれていることと思う」

その大石内蔵助については、源太左衛門もずっと以前からいろいろな噂さを聞いている。

大石家は代々、浅野の家老職で名家である。内蔵助は延宝五年に十九歳で家督をつぎ家老職の一人となったが、至って凡庸な性格で失敗もないかわり、四十余歳の今までに、何の功績もなく、城代家老をつとめているが藩政は他の家老達に任せて居眠りばかりしているなどという風評も耳にしたことがある。

しかし、堀部安兵衛も奥田孫太夫も、

「われらは江戸詰にて大石殿には、めったに会うこともありませぬが、先ず浅野家に於ては大黒柱。凡庸に見えて実は摑みようのないほど大きな人物だと、余人はともかく、われら二人は左様に考えております」と語ったことがあった。

孫太夫も安兵衛も、源太左衛門から見て信ずるに足る武士である。信ずる愛弟子を通じて、源太左衛門は大石内蔵助という人物の偉さをも信じていた。

元禄十四年もたちまちに過ぎ、翌十五年の二月に入って、浅野家の再興がいよいよ駄目になったということが、かなり信用出来る筋から源太左衛門の耳に入った。

(これはいかん!!)と、源太左衛門は胸が重くなった。

堀部安兵衛と奥田孫太夫が堀内道場へ顔を見せたのは、その年の夏の盛りの或る日の午後であった。

居間に二人を迎えた源太左衛門は、直ちに二人の面上から仇討ちの決意を直感した。

安兵衛は何気なく世間話をし、急用があるからと間もなく去った。

「先生にも御すこやかにて……」

別れの礼をした安兵衛に、源太左衛門は、

「貴公も……」と、うなずいたのみである。

一瞬見交（みかわ）した師弟の眼と眼は、すべてを語りつくしていた。

孫太夫は後に残り、久しぶりに道場へ出て宍戸などを相手に、稽古をした。

「奥田殿。吉良邸討入りは決まりましたか？」

「出来得るなら、我々も手伝いをさせて頂きたい」

門人たちがうるさく語りかけるので、孫太夫も閉口したらしく、すぐ汗をふきふき、居間へ戻って来た。

「では、これにて……」

孫太夫が源太左衛門に挨拶をしかけたときである。案内もなく清水一学が、そっと庭先へ現われた。

一学は一年余りも会えずにいた源太左衛門が懐しくてたまらず、ひそかにやって来たのだ。

吉良家でも赤穂浪士の討入りに備え、上野介の親類に当る上杉家が屈強の侍達をえらび付人（つけびと）として本所松坂町の吉良邸を護らせている。

一学は、上野介の身辺を片時も離れずに、油断のならない明け暮れを送っていたのだ。

源太左衛門は一学と孫太夫に言った。

「仲の良い二人が偶然に会えたのだ。これからはその機会も仲仲やっては来まい。二人きりで語り合え。おれは席を外そう」

源太左衛門が部屋から出て行くと、孫太夫は明るい声で、

「一学、久しぶりだったなあ。さ、上れ。上りなさい」

一学が部屋へ上って来た。

風のあるしのぎやすい日だったが、庭の木立で、しきりに蟬が鳴いている。

「奥田殿。その後はどちらに……？」と、一学は青ざめて硬張(こわば)った表情を、無理にもやわらげようと努力していた。

「うむ。何や彼やと浪人暮しに追われていてな。今度は仕官の伝手を求めに、久しぶりで江戸へ戻ったのだが、どうもうまくゆかん。岡山に親類がおるので、今度はそこを頼(たよ)ろうと思い、先生にお別れを……」

「本当に仕官なされますのか？」

「水を喰ろうてもおられまい。家族もおるのでな」

昂奮にふるえる若い一学とは違い、孫太夫はどこまでも落ちついていた。小び

んに白いものもまじっている孫太夫は五十六歳。骨太のがっしりした体つきで、色は浅黒く、いかにも剣客らしい風格を身につけた武士である。

象のように小さくて細い孫太夫の眼は、あの事件が起る前と少しも変らず、一学に温かい光を投げかけてきている。

突然、一学はこらえきれなくなって、パッと膝をすすめると、

「奥田殿ッ。わ、私は……」

孫太夫は、押しかぶせるように、きびしく、

「言うな!!」

「は……」

「今日は友達として語り合えと、先生もおっしゃった筈だ」

「は――そうでした。なれど、奥田殿――」

「何か？」

「私は……私は、あなたから受けた親切を忘れません。あなたは百姓上りの私を少しも軽く見ることなく、文武の道を教えて下さいました。堀内先生とあなたがおられなかったら、私は、とっくに吉良の村へ帰り、肥たごをかついでいたことでしょう……私は、もっともっと、あなたに教えて頂きたかった。それが……そ

れが、このような皮肉なことに……」

「もうよい。気にかけるな。たとえどのような立場に置かれようと、わしとおぬしの友情は変らぬ」

「友情と言うて下さいましたな」

「いかにも……」

「年も違い、身分も違うあなたに、私は甘えすぎていたようです。今までの無礼はお許し下さい」

一学の眼は、涙にうるんでいた。

それを見たとき、孫太夫も胸が一杯になり、思わず声をつまらせ、

「泣くな――バカだな。よせ。涙をふけい」

「奥田殿。他家へ仕官をなさるお心に相違はありませぬな？　まことでございますな？」

「わしの仕官のことが、何故、そのように気にかかるのだ」

唇を噛み、一学は思い切って、

「私は、あなたと剣を交えたくはありません」

「つまらぬことを考えるな」

「あなたも私も人間です。おのれの主人の身びいきするは当然です——しかし、だからと申して、あなたと私まで敵同士になることはない。ありません!!」

「むろんのことだ」

「なれど、もしもあなたが、私の主人の首を狙い、赤穂の方々と共に討入って来たときには……」

「だから、わしは他家へ仕官すると申しておるではないか」

「間違いございませぬな？」

孫太夫は、じっと一学を見つめ、おだやかに言った。

「二言はない。安心していろ、清水——」

「はい……」

「おぬしは気働きの細かい男だ。あまり気をつかわずに、のびのびと暮せ。なあ——」

源太左衛門の足音が廊下を近づいて来た。

二人は黙った。

源太左衛門が部屋へ入って来た。

「話はすんだか？」

一学と孫太夫は揃って頭を下げた。

「先生。私はこれで失礼いたします」

一学は居たたまれない気持になっていたのだろう。すぐに腰をあげ、庭へ降り立った。源太左衛門はやさしく、

「帰るか、清水——あまり世間の評判を気にするなよ。おぬしが道場へ来ても、面白うないことはよくわかっておる。無理に来て気をくさらせずともよい。しばらくは只ひとり技を錬ることもよかろうと思う」

「先生ッ」

「たとえ一人にても稽古はなまけるなよ」

「はい……」

何時の間にか夕暮れの気配があたりを包み、空はいちめんの夕焼けであった。

「吉良殿に、よろしくなあ」

「申しつたえます。では、ごめんを……」

一学は、しょんぼりと帰って行った。

「奥田——清水も不運な奴だなあ」

「先生……」

「私は、吉良にも浅野にも何の含むところはない。だが、しかし、私は、吉良上野介という老人が、世上の噂ほどに意地の悪い人だとは思えぬのだ。私は、清水を通じて、吉良殿に、かなり親しみを感じていたのでなあ」

孫太夫は沈黙していた。

源太左衛門は尚も語りつづけた。

「一面識もない浅野侯よりも、私は清水を通じて、いくぶんかは心を通わせ合うた吉良殿の方に、どうしても好意をもたざるを得ない。なれど……」

と、源太左衛門は屹となり、

「喧嘩両成敗の御法度がありながら、浅野は重罰。吉良には何のおとがめもなき御公儀の裁決――その片手落の、えこひいきのお裁きには、私も怒っておる。激しく怒っておるのだ。天下の道義を曲げたこのお裁きは許すことが出来ぬ――おそらく、大石内蔵助殿の心底も私と同じであろう。また貴公も……」

すべてを見透され、孫太夫はバッタリと其処に、ひれ伏した。

喧嘩というものについて、どちらが善く、どちらが悪いなどと他人が決めつけることは出来ない。おそらく吉良にも浅野にも、それぞれの理由があっての争いであったのだろう、と源太左衛門は考えている。

それだからこその〔喧嘩両成敗〕なのである。

そういう幕府自身が決めた法律の根元が厳然とありながら、幕府はこれをあえて破り、えこひいきの裁判をやったということになる。

それは、むろん、幕府も、将軍も気づいているのに違いない。気づいているのなら、せめて大石が願出た浅野家の再興を許してやったら、大石も討入りの決意を投げ捨てたろうに……と、源太左衛門は残念でたまらなかった。

以乃が灯りを持って入って来た。

「以乃。酒の仕度を——奥田と別盃を交す」

「心得ました」

孫太夫は顔をあげ、

「いえ。もうお構いなく……」

「まあよいわ。再び生きて会われぬかも知れぬ。清水一学とて同じことだ」

源太左衛門は、淋しく笑った。

「こうなれば、互いに武士の意気地を立て通すより仕方があるまい」

ここまで見通されては、孫太夫も下手に隠し終そうとはせず、ピタリと源太左衛門を見上げ、

「先生。おそらく、清水一学も、私も、堀部安兵衛も……おそらく……」

討入りの日には力の限り闘かって死ぬより他に道はない……と言うつもりだったが、ついに言葉にならず、孫太夫は絶句した。

以乃が瞼（まぶた）を指で押えつつ、廊下へ出て行き、源太左衛門は、

「もうよい。もう何も申されるな」

いたわるように孫太夫へ声をかけた。

あかつきの空

その年も押しつまった十二月十五日の七ツ過ぎ（午前四時頃）に、赤穂浪士四十七名は吉良邸へ討入った。

激闘二時間余――。吉良上野介が、隠れていた炭部屋から引出されて首うたれたのは誰も知るところだ。

奥田孫太夫は表門の同志達と乱入した。孫太夫は、かねて師の源太左衛門からの教えを忘れずにいて、柄の長さ一尺七寸余、刃わたり三尺余、全長五尺に及ぶ太刀をこしらえさせておき、この異様な大太刀を振い、奮戦した。

四十七名の浪士のうち、孫太夫と堀部安兵衛の働きが、ことに目ざましかったという話を後になって耳にした堀内源太左衛門は、深くうなずくところがあった。

と同時に源太左衛門は、清水一学の死ざまも知った。

一学は裏手台所の大土間に打倒れていたそうだが、大小の切疵十三ヵ所。握りしめていた大刀の刃こぼれは無数であったという。

天下泰平、柔弱華美に淫した元禄の世に、赤穂浪士の忠勇義烈は賞賛、喝采のあらん限りをもって迎えられた。

それにひきかえ、清水一学は、敵の、人非人の家来として、雪つもる吉良邸内に浪士達と闘い抜き、二十六歳の生涯を終えた。

「奥田さまと清水さまは、あの夜、刃を交えたのでございましょうか」

以乃は、源太左衛門に訊いた。

「知らん」

源太左衛門は、ゆっくりと何度も首を振った。

あの夜――孫太夫と一学だけは斬り合うことがなかったことを信じたいと、源太左衛門は思っている。

ただ一年後のいまになっても、しきりに源太左衛門を苦しめるのは、

(何故、幕府が浅野家の再興を許してやらなかったのか……)

これであった。

一度裁決した上からは、その裁決の間違いを認めるようなことを、将軍も、幕府の要職にある人々も、下らぬ体面にとらわれて、ついに出来得なかったのだろうか……。

短気で、病的なほどの倹約家であったという若い浅野内匠頭と、虚栄や体裁の渦巻く人間の世界を何の苦もなく泳ぎ渡っていた老人の吉良上野介との、これはあくまでも喧嘩である。

その喧嘩ひとつを満足に捌けなかった幕府の政治力の貧しさが、源太左衛門の胸のうちの憤懣の炎を、今も消えさせてはくれないのだ。

大石内蔵助の目的は、単に主君の恨みをはらすということではない。

天下政道の不正に対する抗議であったのだと言えよう。

討入の後に、幕府へ名乗り出た赤穂浪士達は、細川越中守他の四家へ御預けとなり、この春二月四日、切腹の裁決が下った。孫太夫も安兵衛も、それぞれ見事に切腹をしたが、源太左衛門はこの二人も、清水一学が死んだ討入りの当夜、す

でに亡きものとしていた。

「おそらく切腹はまぬがれまい」

そう言い切っていた源太左衛門の言葉は、まさに的中したのである。居間の炉端に向い合って、愛弟子三人の追憶にひたる源太左衛門と以乃は、朝の白い光が、しずかに部屋の中へただよいはじめたことに気づいた。

「夜が明けてしまったな」

「はい」

「なあ、以乃……奥田と堀部の名は末代までも残るであろうが、清水一学は、どこまでも吉良の家来という汚名を引きかぶってゆかねばならぬのかなあ」

「いえ——私、そうは思いませぬ」

「何故だ?」

「清水さまの、あの純真な気持、心は、必ず後世に生き返り、むしろ御主人の汚名をも軽くすることと、私は信じておりますけれど……」

「そう思うてくれるか」

「はい」

「そうか」

源太左衛門の頬に微笑がのぼった。

「そうか……お前もそう思うていてくれたか――」

「はい」

「ああ――お前の言葉を聞き、おれの心も、いくらかは明るくなってきた。清水のことが、おれは可哀想(かわいそう)でならなかったのだものな」

「私も……」

「以乃。戸を開けてくれい」

「はい」

以乃が雨戸を開けた。

冷めたい朝の大気が部屋に流れ込んできた。

空は水のように澄み渡っていた。

次第に明るみを増すその朝空を、縁(えん)に出た堀内源太左衛門は仰ぎ見ると、みずからの哀しみを、つとめて打払うかのように、以乃へ言った。

「晴れた日が、ようつづくなあ」

屋敷外(そと)の何処(どこ)かで、鶏の声がきこえた。

解説

細谷正充

まだ一冊の本になるほどの、作品が残っていたのか。そう驚かれる読者も多いことだろう。本書『池波正太郎初文庫化作品集　元禄一刀流』は、タイトル通り池波正太郎の、文庫初収録となる時代中短篇をまとめた作品集だ。お蔵出しの七篇を、どうか存分に堪能していただきたい。

さて、周知の事実であろうが、各話の解説に入る前に、まずは簡単な作者のプロフィールを記しておく。池波正太郎は大正十二年（一九二三）、東京浅草に生まれた。下谷の西町小学校を卒業後、株屋の店員など、さまざまな職業につく。戦後は、東京都職員のかたわら、戯曲を執筆し、長谷川伸に師事した。その後、舞台やラジオ・テレビドラマの脚本を書きながら、小説にも手を染め、昭和三十五年（一九六〇）『錯乱』で、第四十三回直木賞を受賞。昭和四十年代から『鬼平犯科帳』『剣客商売』『仕掛人・藤枝梅安』の三大シリーズを始め、絶大な人気を博した。この三大シリーズは何度か映像化され、そのたびに新たなファンを獲得している。なお、現在、当たり前の言葉として使われている〝仕掛人〟は、作者の造語である。

昭和五十二年（一九七七）『鬼平犯科帳』他で第十一回吉川英治文学賞、昭和六十三年（一九八八）に第三十六回菊池寛賞を、それぞれ受賞。昭和六十一年（一九八六）には、紫綬褒章を受章した。平成二年（一九九〇）五月、死去。しかし、その人気は死後も衰えることなく、現在も続いている。まさに時代小説界の巨人なのである。

「上泉伊勢守」（「週刊朝日」昭和四十二年（一九六七）四月二十八日号〜六月十六日号）

冒頭を飾る本作は、新陰流を創出した戦国期の剣豪・上泉伊勢守を主人公にした中篇だ。後の長篇『剣の天地』の原型となった作品である。上泉伊勢守は、チャンバラ好きにはお馴染みの名前だが、巷間伝えられる剣豪のエピソードは、後半生のもの。伊勢守の前半生は戦国武将であり、上野国大胡城の城主として、北条や武田と戦っていた。本作が焦点を当てているのは、この戦国武将時代だ。愛弟子の於富との秘めたる愛情を絡めながら、戦国の世を、武将として、剣豪として、そしてなによりも人間として生きていく、ひとりの男の姿が活写されていくのだ。時代の動きに飄々と身を任せる主人公の心底にあるのは、人の命は受け継がれるものだという想い。剣豪の人生を通じて作者は、人生の玄妙を表現したのである。

なお本作は、「週刊朝日」の企画「日本剣客伝」シリーズの一篇として執筆された。ひとりの作家がひとりの剣豪を描くという、なかなか面白い企画である。掲載された各作品は、その後、朝日新聞社から刊行された『日本剣客伝上・下』に収録された。この『日本剣客伝』は後に朝日文庫となっている。また本作は、平成十八年（二〇〇六）十月に新潮文庫から出た剣豪小説アンソロジー『剣聖乱世に生きた五人の兵法者』にも採られている。したがって厳密にいえば、文庫初収録ではない。だが不思議なことに、作者自身の文庫には、一度も収録されたことがないのである。そこでこの作品を、あえて本書に入れることにした。読者諸兄のご理解をいただければ幸甚である。

「幕末随一の剣客・男谷精一郎」（「歴史読本」臨時増刊号　昭和三十七年（一九

六二）二月）

戦国随一の剣客が上泉伊勢守ならば、幕末のそれは男谷精一郎であろう。直心影流の遣い手として剣名を馳せる一方で、幕臣として揺らぐ幕府を支えようと奮闘した。非常に温和な性格だが、剣の強さを証明するエピソードには事欠かず〝幕末の剣聖〟とまで呼ばれた人物である。

作者はそんな男谷精一郎の肖像を軽妙にスケッチ。掲載誌が「歴史読本」増刊ということもあってか、小説というよりは、歴史読物に近い内容になっている。しかし作者自身の曾祖母が目撃したという侍同士の斬り合いの場面から始まる語り口の巧さは、やはり池波正太郎ならではのものだ。

「兎の印籠」（「スポーツタイムス」昭和三十七年（一九六二）一月三日号）

敵討ち奇譚とでもいえばいいのか。やっと平穏な生活を得た敵持ちの男が、あるものを目撃したために、思いもかけぬ運命の変転を迎える。短い話なので詳しくは書かないが、作者は皮肉な事実の中に、人間の悲しみを凝縮しているのだ。読む者の胸に、切なさと、ほろ苦さを残す佳品といいたい。

「賢君の苦渋」（『会津鶴ヶ城物語』昭和四十二年（一九六七）五月）

本作の初出『会津鶴ヶ城物語』は、会津若松市が発行した、アンソロジーだ。

中山義秀・海音寺潮五郎などの作品で、会津と鶴ヶ城の歴史が綴られている。読みごたえのあるアンソロジーなので、機会があれば手に取っていただきたいものだ。

それはさて置き『会津鶴ヶ城物語』で、作者が担当したのが、保科正之である。三代将軍家光の異母弟であり、初代会津藩主として会津藩の礎を築く一方、四代将軍家綱の後見役として幕政に関与。殉死の禁止や玉川上水の開削などを実行し、徳川幕府の安定に大きく貢献した賢君だ。作家の中村彰彦が、この人物に惚れ込み、小説や評伝などで度々取り上げているので、ご存じの人も多いだろう。

この作品の面白いところは、その正之の賢君ぶりを伝えるエピソードを並べながら、あえて生涯最大の痛恨事ともいうべき毒殺未遂事件をクローズアップしている点だ。タイトルが「賢君の苦悩」であることからも、この事件が作品の眼目になっていることが分かろうというものだ。

といっても作者は、保科正之を斜に構えて見ているわけではない。むしろ傷痕を晒すことで、賢君と呼ばれる男の人間性に迫っている。どんな歴史上の偉人傑物であろうと、人は人である。そんな作者の思想が、この作品から伝わってくるのだ。

「かたき討ち」(「やすだ」発表年月日不明)

こちらも「兎の印籠」と同じく、敵討ちを題材にしている。池波作品には敵討ちを扱った作品が多いが、これは敵討ちが内包する、命と人生を賭けた人間ドラマに、作者が強く惹かれたからであろう。討つ者・討たれる者の長い人生の果てにある、人間の赤裸々な心を見つめた、味わい深いストーリーが楽しめる。

「奇人・子松源八」(初出不明)

子松源八は、実在の人物。寛政十年に刊行された三熊花顛・伴蒿蹊の『続近世畸人伝』にも取り上げられた奇人である。その源八を主人公にした物語に、既視感を覚えた読者はいるだろうか。あなたの既視感は正しい。本作は、昭和四十三年(一九六八)に発表した短篇「弓の源八」の原型となった作品なのだ。

本作が初めて収録された『完本池波正太郎大成 第二十六巻』の解題に

「昭和四十一年(一九六六)頃に発表(誌名・発行所不詳)。挿絵は、田代喬之。底本には、池波正太郎スクラップ・ブックに貼付の初出誌を用いた」

とあるから、さほど間をおかずに、ふたつの作品が書かれたことになる。たしかに本作は『続近世畸人伝』で紹介されているエピソードを小説仕立てにしただけで、「弓の源八」の方が物語の深みがある。しかし本作の、素朴な味わいも捨てがたい。興味のある人は、ふたつの作品（ついでに『続近世畸人伝』も）を、読み比べてみるといいだろう。歴史の資料がいかに物語になるのか。その創作の軌跡を知ることができるのだ。

「元禄一刀流」（「小説倶楽部」陽春大増刊号　昭和三十九年（一九六四）四月）

池波正太郎の作品で忠臣蔵とくれば、まず思い出されるのが長篇『編笠十兵衛』である。柳生十兵衛の血を引き、将軍家から〝御意簡牘〟と呼ばれる鑑札を与えられている浪人・月森十兵衛が、喧嘩両成敗に反した刃傷事件の裁定に怒り、ひそかに赤穂浪士を助けるという忠臣蔵外伝だ。そして、この長篇と本作の間には、奇妙な符合がある。同じ一刀流の道場に通いながら敵同士になってしまった堀部安兵衛・奥田孫太夫と清水一学の悲しい宿命を、彼らの師の視点から描いた本作もまた、忠臣蔵外伝というべき内容になっているのだ。大きな事件が起こると、当事者にばかりスポットが当たるが、その脇にも事件の影響を受けながら生きている人々がいる。忠臣蔵を正面から書かないところに、作者の世界認識と人間観照があるといえよう。

以上七作、池波作品としては比較的初期のものだが、どの物語にも作者の特色が色濃く現れている。また、幾つかの作品は、その後の作者の姿を窺わせてくれる。さまざまな意味で、興味の尽きない作品ばかりだ。

いやいや、そんな理屈はどうでもいい。池波作品を読むことは、ただそれだけで大いなる幸せなのだ。その幸せを、本書でじっくりと噛みしめてほしいのである。

なお本書刊行に際して、関係者各位のご協力をいただきました。末尾になりましたが、あらためてお礼申し上げます。ありがとうございました。

底本一覧

「上泉伊勢守」　『完本　池波正太郎大成　26』講談社
「幕末随一の剣客・男谷精一郎」　『完本　池波正太郎大成　25』講談社
「兎の印籠」　『完本　池波正太郎大成　25』講談社
「賢君の苦渋」　『完本　池波正太郎大成　26』講談社
「かたき討ち」　『完本　池波正太郎大成　26』講談社
「奇人・子松源八」　『完本　池波正太郎大成　26』講談社
「元禄一刀流」　『完本　池波正太郎大成　25』講談社

本書には、今日では差別的表現とされる用語が使用されています。しかし、これらの作品が書かれた時代背景を考慮し、また差別的意図を持って書かれたものではないことなどを考え、発表時のままといたしました。また、収録作品のかなづかいは底本のままとし、旧字は新字に改め、難読と思われる漢字については適宜ルビを付しました。

（編集部）

本書は、二〇〇七年五月に小社より文庫判で刊行された同名作品の新装版です。

双葉文庫

い-22-05

元禄一刀流〈新装版〉
池波正太郎初文庫化作品集

2023年10月11日　第1刷発行

【著者】
池波正太郎

【編者】
細谷正充
【発行者】
箕浦克史
【発行所】
株式会社双葉社
〒162-8540 東京都新宿区東五軒町3番28号
［電話］03-5261-4818(営業部)　03-5261-4831(編集部)
www.futabasha.co.jp（双葉社の書籍・コミックが買えます）
【印刷所】
大日本印刷株式会社
【製本所】
大日本印刷株式会社
【カバー印刷】
株式会社久栄社

【フォーマット・デザイン】
日下潤一

ISBN978-4-575-67176-6 C0193
Printed in Japan